イリヤ・
イルアデン
南北戦争の捕虜。
フィル家の新メイド
JOKER

俺は
影の英雄
じゃありません！
世界屈指の魔術師？
……なにそれ（棒）

俺は影の英雄じゃありません！

世界屈指の魔術師？……なにそれ（棒）

I am no hero of the shadows!

Kota Kaedehara
Illustration by Heiro

VOL. 2

楓原こうた

Illustration
へいろー

I am no hero of the shadows!

Kota Kaedehara

Illustration by Heiro

the

s! 2

{ C O N T E N T S }

I am no Hero of Shadow

Design by Shinya Oshiro(atd)

プロローグ

最近、妹の様子がおかしい。

そう思っていたのは、ライラック王国の第二王女であるニコラだ。三人の姉妹の中でも『知力』に長けた次女。一人の弟がおり、よくも悪くも家族間の中では上も下の気持ちも理解できる立ち位置だ。

そのせいか、ニコラは最近ふと感じる変化に少し機敏になっていた。

ある日のこと。長くカーペットが敷かれている廊下を歩き、ニコラはメイド二人が控える扉の前へと立った。

「リリィは中にいますか?」

「はい、ニコラ様」

メイドからその言葉をもらうと、ニコラは扉をノックして返事を待つ。

すると、ほどなくして「どうぞ」という言葉が返ってきた。

その言葉を受けて中に入ったニコラの視界には、ファンシーな家具や飾りが目立つ内装が映った。

そして、ベッドの隅に座っている少女に向かってニコラは近づいて腰を下ろす。

自分と同じ桃色の髪。小柄で愛嬌のある顔立ちに、見慣れていても「可愛い」と毎度思ってしまう。

「……最近、元気がありませんがどうかしましたか？」

それよりも、ニコラの頭の内を占めるのは不安。

寄り添うように顔を覗くニコラに、少女は陰りを含んだ表情で小さく笑った。

「なんでもないよ、お姉ちゃん」

とはいえ、それが虚勢だというのは長い付き合いでよく知っていた。

ニコラの不安の中には「この先も聞いてもいいのか？」というものも含まれている。踏み込みすぎて拒絶されないか、傷ついたりしないか、追い詰めてしまわないか。

だからこそ、自分の得意としていない言葉選びを始めてしまうことになる。

「そ、そうですか……あ、そういえば最近王都で新しいケーキ屋さんができたんですよ！　もしよろしければ一緒に行きませんか？」

「……うん、行こっか」

「…………」

ただ、どう言葉を選択しても間違っている気がして。

相手の思考を読み取り、ことを上手いこと進めるという部分に長けている自負がある己が、目の前の少女に対してはなんの力も発揮できない。

それもそのはず……根本が解決できなければ落としどころなど存在しないのだから。

「お姉ちゃんは凄いよね」

内心狼狽《うろた》えるニコラに、少女は口を開く。

「この前の戦争で色々交渉していっぱい利益を手に入れたんでしょ？」

「え、えぇ……まぁ、誇れるほどではないですが」

「サクヤお姉ちゃんも、戦争でたくさん活躍したって……」

なるほど、と。ようやく話が見えてきた。

ニコラは主にテーブルで上手くことを進めるという点で長けている。先の南北戦争ではアルガウス共和国から破滅しない程度ギリギリの落としどころを見つけ、賠償という形で自国の利益に貢献してきた。

上の姉はニコラとは違い『武』に長けており、南北戦争では戦況を有利に進め、大将の首を二つも手に入れた。

反して、目の前にいる少女はどうだ？

つまりは、そういうことなのだろう。

「リリィも充分凄いではありませんか！　民衆を纏《まと》め上げ、内紛を幾度となく潰し――」

「でも、それは目に見えないよね？」

「ッ!?」

「誰かに慕われるって……大人しくしていれば誰にだってできるもん」

そんなことはない。

人に慕われる難しさなど、目先の利益を手に入れるのより遥かに難しい。

何せ、頭を回して相手の思考を読み取り、裏をつくことなど想定の範囲で終わる。しかし『人徳』は相手の心底を揺さぶって築き上げることでしか手に入れることができない。

どんなに思考を読んでも、心までは突き動かせないものだ。

故に、それに長けている少女がしていることが誰にでもできるわけなんて……あり得ない。

言わなければ、そのことを。

だからニコラは口を開く。

「違います、リリィ。それは――」

「ニコラ様、国王様がお呼びです」

しかし、その寸前でドア越しに名前が呼ばれてしまう。

もう少し誤解を解いておきたかったが、親であり上の人間から呼ばれてしまえばすぐに向かわざるを得ない。

故に、ニコラは渋々といった様子で腰を上げた。

「……では、またあとで」

そして、ファンシーな装飾が目立つ室内からニコラが立ち去っていく。

取り残されたのは、小柄で弱々しそうな小さな少女。

首からぶら下げたロケットを、ふと一人になった瞬間に開いた。

そこに挟まれてあったのは、幼く無邪気な笑みを浮かべる少女と……同じようにピースサインを向ける少年の姿。

「……アビお兄ちゃん、どうすればいいかなぁ」

ポツリと、少女は言葉を漏らす。

「どうしていなくなっちゃったの……？　私、寂しいよ」

婚約話

フィル・サレマバートは異性に興味がある。

とはいえ、今更そのことについて掘り下げる必要もないだろう。

欲望の赴くままに娼館へと向かい、テクニシャンなお姉さん達から手ほどきを受けているのがいい証拠だ。

しかし、フィルの遊び癖は必ずしも異性に興味があるという部分が集約されているわけではない。

何せ、フィルは伯爵家の嫡男であり、貴族。

貴族であれば、それなりの過程としがらみをもって異性と相対しなければならない。

言うなれば親同士の約束から生まれた許嫁《いいなずけ》、伝手から紹介されてしまった婚約、一方的な片想いや策謀から始まる政略結婚など。

貴族というのはなんとも面倒臭い。

一つの恋愛をするために、色々な思惑が混ざり込んでしまうのだから。

だが、フィルはこの件に関しては別にどうでもいいと思っている。

「自由」を理想とし、追い求める魔術師なのであれば「恋愛に自由を！」などと言いそうなものだが、ちょっと待ってほしい。

フィルは世間一般では『クズ息子』などと言われ馬鹿にされている。

そのため、周囲から女なんて寄ってこないだろうというのがフィルの見解だ。

フィルとて、貴族の跡継ぎに嫁がいない危険性は重々承知している。

であれば、こんな『クズ息子』と結婚してくれる相手がいるのなら喜んで首を縦に振ろう――

そう、考えていた。

……いた、のだ――

「これは違うんじゃないでしょうかぁぁぁぁぁぁぁぁぁぁぁぁぁぁぁぁぁぁぁぁぁっ⁉」

毎度のごとく、サレマバート伯爵家の屋敷にて。

フィルの悲痛な叫び声が響き渡る。

いつも通り、その叫びに反応する使用人達はいない。「あぁ、またか」という言葉だけ残して業務に戻るだろう。

そして、傍に寄り添っているメイドだけがため息をついてキレのあるツッコミを見せるのだ。

「チッ」

「違うっ！　うちのメイドがいつもの反応と違うっ！」

花瓶を手入れしている赤髪の少女が主人から顔を逸らして舌打ちを見せる。

ちなみに、彼女の舌打ちは今日の時点で十回を超えていた。

「何よ、自慢したいわけ？　婚約の話がきましたって……私に自慢してるの？　目、潰すわよ？」

「断じて否である！　この反応が偉そうに踏ん反り返っているように見えるか!?　どちらかと言うと夜な夜な涙で枕を濡らすような反応じゃありませんかね!?　でも涙を流す目は許してあげて！」

「チッ」

「だから違うでしょう人の話をちゃんと聞かないと将来不良になっちゃうよ!?」

寄り添いを理想とする魔術師、カルア・スカーレット。

今日はいつになく不機嫌である。

というのも――


「どうして宛て名が『影の英雄』なんだよこんちくしょうがアァァァァァァァァァァァァッッッ！！！」


――先の一件、フィルがミリスという聖女を助けるために戦場に素顔のまま赴いてしまった時以降、フィルには縁談と婚約の話が大量に舞い込んできた。

それは噂から事実にグレードアップしてしまったから。

巷《ちまた》で尊敬されている『影の英雄』の正体がフィル・サレマバートという伯爵家の嫡男だと皆が確信を持てたが故。

となれば、する行動とすれば自らの懐に抱え込みたいというごく一般的なこと。

結婚というのは本人達だけでなく家族にまで強固な縁を結ぶことになる。

そのため、たとえ自分とフィルに縁がなくとも自分の娘に縁を結ばせれば懐に入れたのと同義になる。

だからこそ、こうしてフィルの下《もと》に縁談の話や婚約の話が舞い込んできているのだが、冒頭でも語った通りフィルには望むところな部分もあった。

「モテたいっ！　そう、確かに俺はモテたかった！　当たり前じゃないか、男の子だもん！　こっちは枯れた還暦手前のおっさんじゃねぇんだ思春期真っ盛りなんだからね！」

「それで？」

「せめて下心隠して宛て名ぐらいは名前で送ってこいや脳内お花畑共がァァァァァァァァァァァァアァッッッ！！！」

さて、問題です。

異性ウェルカム、あんなことやこんなことむふふ大歓迎なフィルはどうして頭を抱えているのでしょうか？

答えは――――

「ここで返事を返せば、自他共にフィルが『影の英雄』って認めることになるものね」

「そうなんですよねぇッッッ！！！」

正直手遅れなところまで行っているような気もしなくもないが、本人が認めるものと周囲が勝手に認めているものとでは大きく意味合いが変わってくる。

取り返しという部分では、まだ周囲が騒いでいるうちはなんとかなるだろう。

しかし、本人が認めてしまえば？　もう、フィル・サレマバートは『影の英雄』として生活しなくてはならない。

のらりくらり躱《かわ》していた面倒事も、躱し切れないぐらい舞い込んでくることになるだろう。

そうなれば、フィルの理想としている自由からは大層遠のくのだ。

「何か打開策はないだろうかッ！　俺は断固としてこのモテ方を認めない……きっと世の男も不名誉だとデモを起こして政権交代を始めるレベルだ！」

「世の男子は別に『影の英雄』でもいいと思っているでしょうけどね」

「お前はどっちの味方なんだ!?」

「もちろん、フィルよ。さぁ、真剣に打開策を探りましょう。ここでどうやってこの婚約話から乗り切るか、白黒つけてやろうじゃないの」

「……あれ？　ツッコミ担当がいないぞぅー？　ボケ担当二人で番組を回すのはスタッフさん困るんだが？」

とはいえ、カルアがボケに回るのも仕方ない。

何せ、彼女にとってはフィルの婚約など理想を揺るがす大問題なのだから。

「ま、まぁいい……それで、具体的に何かいい案はないか？」

「燃やせばいいと思うわ」

「燃やすの!?」

　せっかく見知らぬ女の子が自分のために筆を執ってくれたのになんてことを。あまりにも突飛な解決方法にフィルは驚いてしまう。

「どうせ目先の宝石にお目々を輝かしているカラスだけよ、手紙送ってきた人間は。火が足りないなら、私のマッチを貸してあげるわ」

「別に火に困って驚いたわけじゃないからな!?　やめろよ、屋内は火気厳禁だって張り紙あるのを忘れたのかねメイドさんが！」

「そんなの見たことないわ」

「……よ、よぉーし、だったら今から現時点家主の俺が仕方なくもしっかりとデコレーションして書いてやる」

「分かった、破けばいいのね」

「張ってくれればいいんだよ!?」

　どれだけ恨みがあるんだと、フィルは手紙を掻き集めるカルアを見てため息を吐いた。

「……そういえばさ、さっきから気になってたんだけど――」

　フィルはチラリと部屋の端を見る。

　すると、そこにはカルアと同じメイド服を着た茶髪の小柄な少女が立っていた。

「あの子、誰？」

「今更ですか!?　すっげぇー失礼な人ですね、この人!?」

　どうして見覚えのない女の子がこの場にいるのだろうか？　それも、メイド服なんか着て？　もしかして、ザンが連れてきた女？

そんな色々な疑問がフィルの脳裏に浮かび上がる。

「あぁ、あの子は捕虜よ」

「捕虜？」

「えぇ、この前の戦争でぶっ飛ばした女の子」

そして、カルアは何気なしにその女の子の正体を口にした。

「イリヤって名前らしいの。一応、敵国に所属していた――魔術師ね」

◆◆◆

イリヤ・イルアデン。

アルガウス民主国に所属していた雇われの魔術師だ。

腰まで伸びた艶やかな茶髪に小柄な体軀、愛嬌滲む端麗な顔立ちに青色の瞳。

容姿もさることながら、実力については文句なしに世界屈指の『魔術師』の枠に入るほどのものを持っていた。

そんな少女は――

「なんで私がメイドなんかやってるんですかもおおおおおおおおおおおおおっ！！！」

サレマバート伯爵家の屋敷にて、イリヤの声が響き渡る。

キッチンでは使用人は今日の夕飯の支度をするために食事を作っているのだが、現在イリヤは皿洗いの真っ最中である。

「私は魔術師ですよ!? 本来ならお金がっぽがっぽで引く手数多《あまた》のチヤホヤアイドル枠なんです！　それが一体何故役作りのコスプレを……ッ！」

今にでも皿を割ってしまいそうな表情を浮かべるイリヤ。

その様子を、フィルとカルアはこっそりと入り口から覗いていた。

「……なぁ、本当によかったわけ？　あれ、絶対フリルの入ったメイド服がご所望だったとかそういう理由で怒ってるわけじゃないよね？」

「サイズが小さかったのかしら？」

「そういう問題でもないように思えますが!?」

服の問題より服を着なければいけない状況に怒っているようにしか見えない。

他の場所ならいざ知らず、こんなアットホームな環境で肉食獣が怒っている状況は冷や汗を浮かばせるには充分であった。

「っていうか、そろそろことの経緯を教えてくんね？　どうしてあの子がうちで働くようになったのか」

いきなりメイドに抜粋された魔術師がいれば疑問に思うのも仕方ない。

今のフィルの脳内には疑問と「魔術師にメイドさせてもいいの？」という不安があった。

横にも魔術師がメイドをしているというのに。

「この前の南北戦争であの子と戦って勝ったんだけど」

「うん」

「顔が可愛いからメイドが似合うかなって」

「うん？」

よく分からない。

「イリヤー」

首を傾げるフィルを無視して、カルアはキッチンにいるイリヤを呼んだ。

するとイリヤは肩をビクッと跳ねさせると、ブツブツ言いながらカルア達の下へと近づいた。

「な、なんですか……？」

「その服、よく似合ってるわよ」

「わざわざそれだけのために呼び出したんですか!?　私が何を着ても似合うのは教科書の一ページ目に書いてある目次で証明されているのに！」

意外と自己評価高いやつだなと、フィルは思った。

とはいえ、確かにメイド服がよくお似合いの可愛らしい少女ではある。

「もうっ！　マジでなんなんですかこの女!?　人を拉致ったかと思えば、メイドですよメイド!?　普通、敬われる立場にいるこの私がなんでこんな馬鹿みたいなメイド服を――」

「あ？」

「……き、着るのも悪くないなーって思ってますです、はい」

カルアに睨まれたことによって小さく縮こまるイリヤ。

その様子も普通に可愛いなと、傍観者のフィルは大変満足していた。

「っていうか、なんでこんなに怯えてるのこの子？　特にカルアに対して」

「私が顔面に飛び膝蹴りしたからじゃないかしら？」

「この女が私の顔面に飛び膝蹴りしたからですよ！」

「なるほど、鬼門は顔か。気持ちは分かるぞ」

何せ、フィルの鬼門は目だから。

恐怖を覚えるのは大変に理解できることであった。

「いいじゃない、雇われの魔術師が負けたのなら民主国での肩身は狭くなったでしょう？　ここなら大手を振って歩いても窮屈な思いはしないわ」

「着させられている服と環境が窮屈なんですよ、私は!?　どうして私がメイドなんですか！　っていうか、あんだけの実力を持った女がなんでメイドなんかやってるんです!?　この家ではハロウィン前日のコスプレパーティーでも控えてるんですか!?」

「主人の趣味なの」

「……………………………………うわぁ」

「待て待て待て、傍観者に飛び火させないっていうのがリング上のマナーじゃなかったでしたっけ!?」

何も口を開いていないのに風評被害を受けている現実に物申したいフィル。

ほぼ初対面の女の子に蔑みの目を向けられるのは、なんとも胸を抉られる。

「しかも、拉致られた場所の主人があの『影の英雄』ですし」

「いや、俺は『影の英雄』じゃないぞ」

「という妄言を吐くから、これからは右から左に流すこと、いいわね？」

「分かりました」

「メイドの教育はしっかりしなさいっ！　間違ったことを教えちゃうとあとあと矯正に苦労するのは上司とお母さんなんだから！」

今更取り繕ったところで意味はないのだが、それでも後の祭りに参加したくないフィルは抗うことは忘れない。

その先には理想とした自由ちゃんがバニーのコスプレをして待っているのだから。

「っていうより、あなたも『影の英雄』のことを知ってるのね」

「……当たり前ですよ。『影の英雄』は民衆の憧れですから。嫌でも耳には入ってきます」

『影の英雄』の認知は国境を容易に越えてくる。

見境なく助けまくった過去の功績のおかげだろう。

「それに、私も少し憧れた時期がありましたし……」

「なれるわよ、今からでも。こんなやつがそう呼ばれているんだから」

そう言って、カルアはフィルの耳を引っ張ってイリヤの前に突き出す。

痛いと声を発しているフィルは、少々涙目であった。

だけど、イリヤはそんなフィルを無視してポツリと呟く。

「いえ、なりたいとかじゃ……まぁ、私はもう手が汚れちゃってますから、どちらにせよダメかもしれないですけどね」

何が、とはフィルもカルアも言わなかった。

フィル・サレマバートは他人を助けるためだけの優しさしか持っていなかったが、きっと目の前の少女は違う。

雇われの魔術師——それは依頼主《クライアント》の意向があれば、人を殺《あや》めるのが仕事になるからだ。

◆◆◆

突如雇われることになったイリヤだが、思いのほか屋敷の使用人の中では好印象だ。

魔術師だと傲岸不遜な態度こそ目立つものの、小柄で愛くるしい顔が「背伸びしたい子供」だと認識されているからだろう。

実際に屋敷の使用人はイリヤがカルアと同じく魔術師だというのは知っている。

それでもそう思ってしまうのは実際に手を出してこないところとあまりの可愛さ故だ。

飴ちゃんを渡され、文句を言いながらも受け取って美味しそうに舐める姿が更に後押ししたのかもしれない。

サレマバート領にやって来てからというもの、彼女はすっかりマスコット枠である。

「ほれ、イリヤ。クッキーをやろう」

「し、仕方ないですね……もらってあげます」

執務室でフィルが横の椅子にちょこんと座るイリヤにクッキーを手渡す。

それを受け取ったイリヤは嬉しそうな上からの言葉を吐きながらも、美味しそうに頬張った。

前までミリスという可愛さ枠の女の子がいたからか、寂しさを埋めてくれるイリヤはフィルにとっても好印象。

戸惑いこそあったものの、しばらく経った今ではすっかり餌付け方向で全力甘やかし中だ。

「仕事しなくていいんですか？　フィル・サレマバートはこの家の主人なんですよね？」

「あー……正確に言ったら俺はまだ家督は継いじゃいねぇんだよ。両親が不在の間だけ仕事してるって感じだな。そんで、今は休憩中だ」

「そういえば、もう一人家族がいるって使用人に聞いたです。汚らわしい豚が徘徊してるって。この家に豚小屋はないんですか？」

「この家は豚を飼育する前提で造られたものじゃないからなぁ。俺だって飼育小屋があるんだったら徘徊する豚さんをお家に連れ戻すんだけど」

たった一人の弟に凄い罵倒のオンパレードだ。

名前ではなく動物の名前で誰かが判断できるのが更に恐ろしい。

「……フィル・サレマバートは私のことをどうも思わないんですね」

「めちゃくちゃ可愛いとは思ってるぞ？　一家に一匹ほしいぐらいだ」

「マスコットは子豚さんで充分じゃないですか」

「魅力と可愛さが足りない」

至極真面目な顔で否定するフィルはもう一枚クッキーを渡した。

イリヤはリスよろしくポリポリと両手で美味しくいただく。

「まぁ、真面目な話をすればカルアが連れてきたんだったら俺が文句を言うことじゃねぇってところだ」

フィルは背もたれにもたれかかりながら小さく息を吐く。

「信用してるんですね、あの女のこと」

「俺の相棒だからな。多分、家族よりもカルアを信用してるし信頼してるよ。本人には恥ずかしくて言えんが」

「でも、そう言ってもフィル・サレマバートを今ここで殺すかもしれませんよ？　安易にハンバーグの材料を作れちゃうので、私」

「そりゃ大変だ。もしお前が猟奇的な発想思考のサディストだったら、うちの使用人達がいなくなって食卓にハンバーグが並んでいただろうよ」

でも、そうはなっていない。

ということは、つまり――

「なんだかんだ言ってるが、結局イリヤも優しい女の子だってことだ。力に溺れず、他人を慮れる人間っていうのはどうにも嫌いにはなれん」

そもそも、こういう質問をしている時点でイリヤに害がないというのは分かっている。殺《や》ろうと考えているのであれば、言わずに機を窺っていればよかったのだから。

「…………お人好しめ。それが『影の英雄』ですか」

「だから『影の英雄』じゃ……まぁ、いいや。とまぁ、色々言ったがイリヤは好きなようにやればいい。出て行きたければカルアは俺が説得してやるよ」

「あの女に比べて気前がいいですね」

「それが俺の理想だからな。本当に自由な人生を送るのなら、相手の自由を尊重するのが礼節ってもんだ」

変わってるな、というのがイリヤの気持ちであった。

魔術師というのは理想を追い求めるが故に変わり者になりやすい。言うなればエゴの塊だ。でも、目の前の魔術師は自分と他とも違う……エゴが、不快にならない。

「……居心地がいいので、しばらくいてやります」

「そっちの方が助かる。この屋敷に魔術師って二人しかいねぇからな」

「三人も集まる屋敷っていうのはどうなんですかね？　戦争でも起こす気ですか？」

「馬鹿言え、俺は平和主義の自由人だぞ？　戦争なんて勝っても負けても面倒事にしかならん遊びに誰が誘うかってーの」

「はいはい、そういうことにしときますよー」

そう言って、イリヤはフィルの横から立ち上がった。

そして、クッキーをもらって満足したのか、そのまま部屋の扉に手をかける。

「んじゃ、おじゃま虫が来る前に退散しますー」

「おう、おじゃま虫に見つかる前になー」

イリヤがにっこりと笑うと、すぐに部屋から可愛らしい少女の姿は消えた。

それだけで、妙に部屋から花がなくなったような寂しさを覚えてしまう。

すると、入れ替わるようなタイミングで赤の長髪を靡かせる少女が部屋へと入ってきた。

「あれ、イリヤはいないの？」

「なんでも、鬼が現れる前に逃げたかったんだとよ」

「今度、鬼の言葉の意味を懇切丁寧にしっかりと物理的に叩き込んでやらないとダメね」

すまん、口が滑ったと。フィルは内心でイリヤに謝罪する。

懇切丁寧の方向がどこまで在らぬ場所に向いてしまうのか心配であった。

「それより、大丈夫かしら？」

「ん？　何が？」

「いえ、さっきザンとすれ違ったから鉢合わないか……」

「なん、だと……ッ!?」

フィルの顔に焦りの表情が浮かぶ。

あの好みの女がいれば誰であろうと手を出してしまう子豚ちゃんが、マスコット枠の可愛らしい天使に出会えばどうなることか。

フィルは急いで立ち上がると、部屋の扉に手をかけた。

「行こう！　弟の命が危ない！」

「イリヤの心配じゃないのね」

その心配というのは無用であろう。

何せ――

◆◆◆

部屋を飛び出したフィルとついてきたカルアは、衝撃的な光景を目にした。

「汚《きたね》ぇ豚さんが口説いてくんじゃねぇですよ、まったく」

というのも――

不機嫌そうに頬を膨らませるイリヤ↑

壁に突き刺さってピクりとも動かないザン↑

「ザ、ザァアアアアアアアアアアアアアアアアアン！！！？？？」

フィルは慌ててザンに駆け寄った。

「…………」

「…………」

弟が壁に突き刺さり、ピクりとも動かない。傍らには不機嫌そうなイリヤがザンにゴミを見るような目を向けていた。

これだけで大体の事情と経緯が理解できてしまうのが悲しい。

「ザン！　おい、大丈夫か!?」

声をかけるも、何も声が返ってこない。

恐らく、もうすでに意識は二匹の天使が白い世界へ誘ってしまっているのだろう。

「クソッ、なんてことだ……ここは丸焼き専用のオーブンじゃないっていうのに、どうして豚が！」

「フィル、馬鹿にするのか心配するのかはっきりしたら？」

「この豚がッ！」

「気持ちは分かるけど」

今更弟を心配する綺麗な兄弟愛など存在しない。

正直、この光景は自業自得がよく似合う経緯から生まれたものだろうから、馬鹿にすることを優先してもおかしくはなかった。

「なんなんですか、この豚。躾した飼育員の顔が見てみたいです」

「飼育員さんは放任こそがすくすく育ってくれる秘訣だと言っていてな。おかげで弟はしっかりとすくすく育ってくれたぞ」

「出会い頭に『俺のものになれ！』って言うナンパ師にですか？」

「弟が失礼を……ッ！」

どこかで聞いたことのあるフレーズに涙が出てしまいそうだった。

「それにしても、綺麗に突き刺さってるわね。これもあなたがやったの？」

助けようともせず、ただ突き刺さるザンの姿を興味深そうに見るカルア。

ザンは肥満な体型という言葉がよく似合うほどそこそこ体重がある。見た目華奢で可愛い子が突き刺さるほどの力を与えたとは到底思えない。

そう、本当に見た目通り華奢で可愛い女の子であれば、だが。

「私の魔術は『重力』がテーマですからね。これぐらいは朝飯前ですよ」

「いいのか、手の内を教えて？」

「構いませんよ、どうせその女にはテーマぐらいは知られているでしょうし。正面切って負けちゃったのに今更手の内を隠すような真似はしません」

カルアはすでに目にしている。

イリヤがどういう風に戦場で猛威を振るってきたか。

それなのに、今更手の内を隠してもあとあとこっそり教えられるに決まっている。

つまり、遅かれ早かれの問題だ。

「はぁ……なるほどな。流石は魔術師、充分に強いじゃないか」

「子豚を開け口のないオーブンに突っ込んだだけで褒められるなら、何回でもしてやるです」

「やめてくれ、屋敷の修繕費は意外と馬鹿にならんのだから」

ミリスがいた時もかなりのお金がかかった。

余計な出費は基本サレマバート伯爵家にあるお金から捻出しにくいため、可能であれば綺麗に処分してほしい。

「カルア、結局どうしよ？　引き出しておくか？」

「別にそのままでいいんじゃない？　こいつの醜態なんて皆見飽きただろうし、今更面白おかしなオブジェになったところで驚かないわよ」

「よし、なら放置しよう。下手に起きて泣かれても困るからな」

フィルは立ち上がって言葉通り放置して先を歩き始めた。

その後ろを、カルアとイリヤがついてくる。

「これであいつも丸くなってくれたらいいんだが……気苦労で父上と母上の夜の運動に支障が出たら全部あいつのせいだ」

「だったらその代わりをフィル・サレマバートがすればいいじゃないですか。お貴族様だったらそういうのは必須じゃないんです？　私にやったら圧殺しますが」

「おっ？　今の言葉を聞いたか、カルア？　これはもう娼館に――」

「行ったら殺すわ」

「……俺の周りの女の子は女の子らしからぬ発言をするけど、これが今の時代の女の子なの？　ジェネレーションギャップ？」

残念ながら二人はほぼ同世代である。

「あっ、そういえば」

その時、ふとイリヤの足が止まった。

何かを思い出したのだろうか？　それに続いて二人の足も止まる。

「どうかしたの？」

「いや、お菓子と子豚の提供ですっかり忘れていたなと思って」

「だから餌付けも大概にしなさいって言ったじゃない。聖女様とは違って、この子にもちゃんと仕事があるんだから」

「いやいや、お菓子は提供したが豚は提供したわけじゃないぞ？　それに、新人さんなんだから少しぐらい仕事を忘れたからって大目に見てやるべき――」

「応接室で第三王女さんが来ているって伝えてくれって」

「フィル……」

「やっぱり、新人だからって甘やかすわけにはいかないな、うん」

新人教育の鉄則を学べたフィルであった。

人徳に長けた王女

この国の民は恵まれている。

何せ王族が他者よりも確実に優れているのだから。

一人集まれば戦場を、数人集めれば国をも動かしてしまえる魔術師を凌駕し、先の南北戦争で大きく貢献してみせた『武』に長けている第一王女。

持ち前の知識と巧みな話術、他者を掌握する術《すべ》。それらを動員し、常に机上を制圧してくる『知力』に長けている第二王女。

そして、一方で『人徳』に長けた第三王女。

国民の大半に好かれ、国民の大半に支持されている小さな女の子。

カリスマ性？　象徴？　誘導？　圧制？　そんなものは必要としない。

必要とせずとも、人はその少女に惹きつけられ心を寄せ始めてしまう。馬鹿な話だと思うかもしれないが、事実第三王女が表舞台に出てからは内紛など一度も起こらなかった。

これから時代が移り行き、王座の席に座るのは第一王子だ。

しかし、巷《ちまた》ではこう言われている――もし、この国が民主主義の投票制であれば、間違いなくその席に座るのは第三王女だと。

味方を自然と作り、そもそも敵を作らない。

そんな第三王女が――――この屋敷にやって来ている。

フィルはイリヤに遅れて伝えられ、慌てて応接室へと向かっていた。

「なぁ、カルア？　どうして第三王女様がこんなところにやって来たと思う？　いっちょ応接室に着くまでクイズでもしてみようか！」

「答えはご対面してから知らされるかもしれないけど……そうねぇ、普通に考えたら物見遊山《ものみゆさん》じゃない？　ほら、噂の『影の英雄』がいるわけだし」

「俺は珍百景枠にジョブチェンジでもしたわけ？」

その流れでいれば、もはや観光名所としての扱いになってしまう。

こういうことが起こるから『影の英雄』なんて知られたくないんだよ、と。強行突破でやって来た自由の侵害にフィルは思わず涙目になった。

「あれ、そういえばいつの間にイリヤはいなくなったんだ？」

「ちゃんと仕事をしなかった罰として、私がやる予定だった買い出しを任せてきたわ」

「ハッ！　大丈夫なのか、一人で行かせて!?　見守る係はちゃんと用意したんでしょうね!?」

「フィルの中であの子がどの立ち位置にいるか垣間見られる発言ね」

どこかミリス様と似てるんだよ。フィルは懐かしみながら頬を掻く。

実際問題、可愛らしく年下で甘え上手な一面は妹のような感じがする。ツンケンした態度を見せる時もあるし、魔術師でもあるのだがどこか庇護欲を駆り立てられてしまうのだ。

「……じぇらるわね」

「新手の単語が飛び出したぞ、おい」

「ジェラシーを感じるわね」

「言い直してくれてありがとう。だが、意味はなんとなく感じ取れてたんだわ」

フィルは横を歩くカルアの頭を撫でる。

すると、甘えるように手に頬を擦り当ててくるではないか。甘え上手はこっちの方だなと、フィルは相棒に苦笑いを浮かべる。

そうこうしているうちに、二人は応接室の前まで辿り着いた。

イリヤが忘れてしまっていたため、現在お待たせしてしまっている状態。

相手が王族だということもあって、いきなり心が苦しくなってしまったフィル。初っ端からメンタルがやられそうであった。

「さて、本当に物見遊山で来ただけかな？　どうしてか、俺は今現在進行形でビックリ箱を開けようとしている子供になった気分だ」

「安心しなさい、子供だったらそんな切実そうに嫌な顔をしないから」

当たり前だ。自由を理想とする魔術師であるフィルの下《もと》に王族が来たのだから。

面倒事か、それとも火急な用件か？

フィルはカルアに背中を押されてようやく応接室の扉を開ける。

一陣の風が吹き抜けたような気がした。

目が乾き、一瞬だけフィルは目を擦る。そして次に目を開けた時、視界には一人の少女が映っていた。

セミロングの肩口で切り揃えた桃色の髪。小柄で、愛くるしくも端麗な顔立ちに宝石のような翡翠色の双眸。

幼い。それが初めの印象であった。

歳も体軀も以前共にしていた聖女のミリスと似ているような気がした。

ただ一つ違うのは――――心を奪われるような、そんな錯覚を覚えてしまったことだ。

「(何度か顔を合わせたことがあったけど……)」

「(けど？)」

「(……正直、苦手ね)」

横にいるカルアがアイコンタクトでそんな言葉を飛ばしてくる。

「(その割には嫌悪感が見えちゃいねぇが？　ナメるなよ、相棒の顔色の変化ぐらいは余裕で見分けられる)」

「(別に嫌っているって短絡的な感情じゃないわよ。むしろ嫌えないから困るの。こう……心の中に入りこまれる感覚)」

「(なるほどなぁ……)」

カルアの言いたいことは分かる。

自分も先程思っていた面倒臭いという感情がいつの間にか消えていたのだから。

つまりは、存在そのものが好意的に映ってしまう存在だということ。

フィルは実際、目の前の少女と出会ったことがなかった。それは面倒臭がりで己の自由ばかりを優先し、社交界に顔を出さなかったからだろう。

だからこそ、今この瞬間に理解させられる。

カリスマ性も、社交性も、見た目麗しい容姿など必要ない。


存在そのものが、人を惹きつける先天的な才能である、と。


これが人徳に長けた第三王女——リリィ・ライラックか。

フィルは「やりづらいな」という気持ちを抑えながら少女の前へと歩いた。

そして、少女はフィルが動き出したのを確認して立ち上がった。

「と、突然お訪ねして申し訳ございません……フィル・サレマバート様」

「(まったくだよ)」

「(こら)」

遠い目をし始めるフィルの脇腹をカルアが小突く。

それを受けてフィルは咳払い一つすると、胸に手を当ててお辞儀をした。

「構いませんよ。それと初めまして——フィル・サレマバートと申します」

「リリィ・ライラックです。そして、そちらはカルア・スカーレット様ですよね？」

「お久しぶりです、リリィ様」

カルアも頭を下げる。

知っている間柄だからか、ニコラほどではないが対応も気安いものであった。

「それで、今回はどのようなご用向きでしょう？　物見遊山であれば、僭越ながら綺麗な馬車を用意しますが？」

「い、いえっ！　そういうわけでは……」

フィルはそこでふと違和感を覚える。

何せ、リリィの後ろには護衛の人間がいないのだから。

ミリスでさえ護衛の騎士を後ろに連れていたし、ニコラが来た時は入り口付近に待機させていたそうだ。とはいえ、リリィだって入り口で待たせている可能性がある。

王女が護衛の人間を連れて来ずに遠方に赴くなどあり得ない話であり、そもそもよく考えれば人徳に長けた人間を周囲が放っておくわけがない。

杞憂だなと、フィルは内心で首を振った。

「まぁ、立ち話もなんですし、どうぞお掛けください」

フィルがリリィに座るように促し、自分も対面へと腰を下ろした。

カルアはその間に隅に置いてあったティーセットを手に取り、出すための紅茶を淹れ始める。

リリィは「きょ、恐縮ですっ」と、おずおずとした様子で座り始めた。

それは単にリリィという人間が物腰が低いからか、はたまた切り出そうとしている内容が内容だからか。

少なくとも軽い調子で話が進む様子ではなさそうであった。

(コメディ展開ぐらい用意してくれよ……これじゃあ、マジで接待してるみたいじゃねぇか。笑い展開がある方が気も楽って知らねぇのか、この王女様は?)

本来、王族相手にコメディ展開など発生しないものなのだが、フィルは何故か愚痴る。

カルアが聞いていたら怒りそうなものだ。

「リリィ様、よろしければ」

そう言って、カルアは淹れ終わった紅茶をリリィの前へ差し出す。

加えて、滅多にお出ししないような茶菓子が種類豊富に並べられた。

「珍しく豪勢じゃないか、カルア」

「せっかくだもの」

「そうかそうか」

そして、フィルの前には淹れ終わった茶葉の残骸が置かれた。

「扱いの差」

「どうかしたかしら?」

恍《とぼ》けるように首を傾げるカルア。

少しあざとく見せているものだから、可愛いと思ってしまったのは内緒である。

「どうかしたかじゃねぇよ、カルアさん。君はついに主人を残飯処理の豚として見始めたのかい？」

「……ちょ、ちょっとゾクゾクするわね」

「カルアさァん!?」

カルアがいじめる、と。さめざめ泣き始めるフィルの頭をカルアは優しく撫でる。

その様子を見て、リリィは少し驚いたような顔を見せた。

「あの、お二人は仲がいいんですね……」

「もちろんです。ね、フィル？」

「豚に格下げされましたがね！」

「根に持つ男は嫌われるわよ？　女の子はいつだって器の大きい男を好きになるって相場が決まってるんだから」

「……主人に豚を許容できる相場なんかクソ喰らえって男の常識を知らねぇのか？」

そんなことを愚痴ってはいるものの、リリィの瞳には仲睦まじいという言葉しか映っていなかった。

拗ねるフィルに、楽しそうにするカルア。

主従というよりかは、よき相棒。心を通わせ、些細なことでもわかり合える信頼が窺えた。

「やっぱり、二人の婚約って本当だったんですね」

何故か気落ちしている様子を見せるリリィ。

それを不思議に思い、フィルは素直に口にした。

「どっかのパーティーでカルアが言ったことですかね？　あれならその場凌ぎの出任せですよ」

「そ、そうなんですか？」

「あの時は『影の英雄』がどうのこうのってうるさかったですから」

俺は『影の英雄』なんかじゃないのに、と。さり気なく肩を竦めてフィルはアピールする。

そこへ、カルアがからかうような笑みを浮かべながらアイコンタクトを飛ばしてきた。

「(あら、未来は分からないじゃない？　家族公認なんだし、もしかしたら婚約してるかもよ？)」

「(大事なのは未来よりも今なんだぜ、カルアさん。その発想は賭博で「いつか大金持ちになる」ってカモの発想と同じだ。お金がなくなったたって言っても貸してやらんぞぅー？)」

「(それは遠回しに私との婚約は嫌ってことかしら？)」

「(…………ノーコメントとさせてもらう)」

その反応はどういう意味を持っていたのか？

常日頃傍にいるカルアはなんとなくではあるが、その反応の意味に気が付き……少しだけ、頬を染めてしまった。

(だったら大丈夫……うん、大丈夫だよね)

一方で、アイコンタクトなど高度な技術を培っていないリリィは首元にぶら下がったロケットを握り締めながら俯く。

いきなりどうしたのか？　そう思っていると、不意にリリィがガバッ！　と顔を上げた。

「フィル・サレマバート様！」

そして――

「わ、私と……婚約してくれませんかっ!?」

そんな爆弾を、落とすのであった。

「……は？」

「い、いきなりごめんなさい……でも、私はフィル・サレマバート様と婚約したくて……」

勇気を振り絞ったあとだからか、リリィの頬がみるみる朱に染まっていく。

小さく丸まっていく姿が可愛いな。などと本来であれば思っていただろうが、今のフィルの脳内は疑問が埋めつくしていたために余裕がなかった。

だがそれも、数秒で我に返る。

「え、えーっと……理由をお伺いしても？」

「へっ!? い、いや……その……」

フィルの質問に、リリィは戸惑い始めた。

「(……この反応を見る限り、好きってわけじゃなさそうっていうのが分かって辛いわー。下心と理由が透けて見えるっていう点も更に辛さプラスだわー。こんなことなら出任せなんて言うんじゃなかったわー)」

「（……………………）」

「（こういうのに来るんだったらニコラ様だと思っていたんだが……って、カルアさん？　アイコンタクトちゃんと飛んでる？）」

「（断りなさい、今すぐに、はりー）」

「（お嬢ちゃん、俺の首を絞めながらそのアイコンタクトは単なる脅迫ですぜ）」

徐々に息がし難《にく》くなっている現状に恐怖を覚えるフィル。

とはいえ、このお願いは元より断るつもりであった。

大方、リリィもフィル・サレマバートが『影の英雄』だと知ってここに来ているのだろう。

それは国王の命令か、はたまたニコラが考えついたことか。

どちらにせよ王家に『影の英雄』を引き入れようという魂胆なのは理解できる。

何せ、幾分かニコラのようなポーカーフェイスがあればよかったのだろうが、リリィは見た様子だとミリス同様腹の探り合いには向いていないようだったのだ。丸分かりである。

遊び人のフィルが王家の人間と婚約を結べるはずもない。もし、王家の人間と結婚でもしようものなら、それは『影の英雄』が理由なのだと周囲は必ず気がつくだろう。

そんなことにでもなれば、フィルは一生王国では『影の英雄』という認識で確定してしまうことになる。

それだけは避けなければ。

決して……そう、決してそろそろ本気で意識を失いそうだからだという理由ではないのだッッッ！！！

「すみません、婚約の話はお断りさせていただければ……」

「ッ⁉」

そう口にした瞬間、リリィの瞳に涙が浮かび上がった。

「ダメ、ですか……？」

「あ、はい。首苦し……いえ、心苦しいのですが」

本当に心苦しい。

何せ、こんなに可愛い子のお願いを聞いてあげられずに泣かせてしまいそうになっているのだから。

だが、自由な生活を手放すわけにはいかない。

フィルにとって遊んでダラダラ過ごすのに王族との婚約は足枷になりすぎる。

すると、リリィがいきなり立ち上がって部屋の隅へと蹲《うずくま》り、胸に下がったロケットを見つめ始めた。

そんなにキツい言葉だっただろうか？　フィルは心配にな――

「うぅ……やっぱり私には無理なのかなぁ、ア、アビお兄ちゃん……」

――る手前、フィルの手が止まってしまった。

「ア、アビって……今、言ったか？」

「へっ？」

「もしかして、アビ・ビクランと知り合い……？」

「アビお兄ちゃんを知ってるの!?」

フィルの言葉に、リリィは思わず立ち上がって食らいつく。

互いに驚きを隠し切れない。それは二人の反応を見れば明らかであった。

カルアは首を傾げる。

フィルとリリィが口にする人間の名前に聞き覚えがなかったからだ。

「フィル、そのアビって人は？」

アイコンタクトを忘れ、カルアは口で問いかけてしまう。

「あぁ、そういえば言ったことなかったな――」

するとフィルは懐かしむように、それでいてどこか陰りを浮かべた表情で口にした。

「アビ・ビクラン――俺の幼なじみで、正真正銘の人形《ヒーロー》だった野郎だよ」

◆◆◆

思わぬ出会い。

まさか、自分の幼なじみを知っている人間に出会うとは。

フィルはそれが嬉しく、先ほどまでの申し訳なさそうな顔から一変して楽し気なものへと変わっていく。

それはリリィとて同じなのか、手元のロケットをフィルに見せて出会った時よりも明るい態度になっていった。

「なっつかしいなぁ！　この時はこんな幼い顔してたわ！　パッと見弱そうなのが今でも笑えてくるが！」

「そんなことないよ！　アビお兄ちゃんはすっごく強かったんだから！　フィルお兄ちゃんなんかけちょんけちょんだよ！」

「おうおう、ガキの頃はアビとの戦績は百戦百勝だぞ？　怪我をしたままオムツを穿き替えなければならん状態でのスタート時ならわんちゃんあったな！」

「むぅ～！　アビお兄ちゃんは強いもん！　だって私の英雄さんなんだから！」

頬を膨らませるリリィの頭をフィルは笑いながら撫でる。

「っていうか、フィルお兄ちゃんが……って、あっ！」

リリィは何かに気がついたのか慌てて口を押さえる。

その様子を見て、フィルも気がついてしまった。

「すみません、王女殿下相手に馴れ馴れしい口を……」

「い、いえっ、私の方こそ……でも、もしフィル・サレマバート様さえよかったら今のままでいてくれたら嬉しいです。その、アビお兄ちゃんに似てて嬉しい、ので……」

照れた様子で、可愛らしい顔立ちと愛くるしい瞳を向けられる。

こういうおねだりをされると、妹がいないのに突然妹が現れたような気分だ。

フィルはそれが妙に心地よく、リリィの頭を乱暴に思い切り撫で回した。

「よしっ！　じゃあ俺はこのままでいくからリリィもさっきみたいで頼むわ！　あとで『やっぱなし』なんか言われたらお兄ちゃんはお涙と冷たい牢屋にお出迎えされちゃうから絶対に言うなよ？」

「わわっ！　フィルお兄ちゃんやめてっ！」

「はっはっはー！」

妹が可愛い可愛い超可愛い。フィルの機嫌がマックスを迎えてしまった。

しかし、その時だった。

背後から不穏な空気が漂ってきたような感覚を覚えたのは。

「……じぇらる」

「……お、おーけー。俺は振り向かないぞ。相棒の不機嫌な顔が簡単に想像つくからな、武器持ってないけど大人しく両手を上げて投降するよ」

じぇらるの意味をつい先ほど学んだフィルは頬を引き攣《っ》らせながら手を上げた。

相棒を放置するのはあまりよくないらしい。

「でも、フィルの幼なじみだったら一度会ってみたいわね。ほら、一応お世話になっているわけだし」

「…………」

「…………」

何気なくカルアが口にした一言によって、唐突に場の空気が固まる。

流石に空気の流れが変わってしまったことに気がついたのか、カルアは少しだけ焦りを見せ始めた。

「な、何か悪いことでも言ったかしら……？」

「あー……別にカルアが悪いってわけじゃねぇよ」

フィルがリリィの代わりに先んじて答える。

「死んでるんだわ、アビ。だから墓の前で紹介はできるが会わせることはできない」

「……ッ」

ようやくこの場の空気が固まってしまった理由を知ったカルア。

情けなくも申し訳なくなり、一気に表情へ陰りを見せた。

「ご、ごめんなさい」

「いいよ、気にしなくて。知らなかったのに責めたってお門違いだろ？　無知は恥だが、恥になるような常識でもないんだから」

俯くカルアの頭をそっと撫でるフィルは小さく安心させるように笑う。

知らないことに気を遣えという方が無理な話だ。

常識やマナーならいざ知らず、他人の知人の名前を知っておけというのもおかしい。

場の空気がおかしくなってしまったものの、これは決してカルアのせいではなかった。どちらかというと、知らない人間の話で盛り上がってしまった二人のせいだろう。

「まぁ、話を戻すが……すまんな、リリィ。俺はお前と婚約する気はないよ」

「ダ、ダメ……ですか？」

「アビと知り合いなら知ってるだろ？　魔術師は理想を追い求める。貴族のしきたりとか野心なんかよりも俺は俺の理想を優先するんだ。今回は、リリィが嫌とかじゃなくて俺の理想を婚約が邪魔してるって構図だな」

　ここまでいったら素直に答えるしかないだろう。

　理想、魔術師というワードが飛び出した時点で、フィルが魔術師であり『影の英雄』だというのを認めてしまったことになる。

　それでも、小さな女の子が勇気を振り絞って来てくれたのであれば誠意を見せなければいけない。

　そう、フィルは思った。

　それが受け入れるのではなく断るのであればなおさらだ。

「わ、私……諦めたくないっ」

「って言われてもなぁ」

「ここで諦めたら、私には何も価値がないから……」

　言葉が重い。リリィの低い声音が重みを理解させる。

　だからこそ余計に困った様子だった。申し訳なく思えてしまうのだから、フィルにとっては鼻で笑えない状況、珍しく困りようだった。

カルアも先ほどのことがあってか何も言いだしてこない。

「でも、フィルお兄ちゃんの気持ちもあるから一旦諦める」

「一旦」

「その代わり、私をしばらくここに住まわせてくださいっ！」

王族のお願いは基本的には断れない。

それでも、厚かましいお願いだというのは理解しているのだろう――リリィはめいいっぱい頭を下げた。

胸に込み上げてきた罪悪感。人は少しでも気を晴らすための行動をとろうとする。

それ故、幾分か敷居が低くなったお願いに、フィルはため息を吐きながらも渋々首を縦に振った。

「はぁ……しばらくって言っても少しだけだぞ？　夜中にお化けが出ても俺は一緒にお花なんか摘みに行けないんだから」

「うんっ！」

リリィは満面の笑みを見せると、そそくさとその場から離れて部屋を出て行ってしまった。

滞在する準備でもするのか、報告でもしに行くのか。

どういう理由かは分からなかったが、追いかける気も生まれなかったフィルはいなくなった瞬間にぐったりとソファーにもたれかかる。

「……面倒事になる可能性は？」

「百パー」

「ですよねー」

これからどうするかな、と。

フィルは面倒臭そうに天井を仰いだ。

第三王女との生活

リリィ・ライラックが滞在を始めて一週間が経過した。

意外にも、領民が騒ぐというプライバシーさんの出張は起こらず、街中はいつも通りの平和な日常が続いている。

王女殿下が滞在しているのなら騒ぎそうなものなのに。そう思っていたが、騒がないのであればそれに越したことはないと、フィルは疑問を払った。

いつぞやの窓を開ければ溢れ返るギャラリーがパパラッチを狙っているという状況がないだけありがたい。

一方で、屋敷の使用人達はこれまた面白いことになっていた。

それもそのはず。民からの慕われ度ナンバーワンに輝いているアイドル的存在が同じ空間にいるのだから。

皆の反応は常に興奮状態。リリィを見かける度に「きゃー♡」などといった声が上がっていた。

ある意味、どんな客よりも歓迎しているのだと窺える。

「ライラック王国選抜アイドルグループのセンターはリリィだったか。意外にも世間の需要はお姉さんじゃなくて庇護欲駆り立てる妹みたいだ」

フィルは自室で書類を纏《まと》めながら時折聞こえてくる「きゃー♡」に苦笑いしていた。

「それはそうでしょ。あれほど人徳に長けた人間は世界中を探してもいないもの」

「これは人徳っていうよりも『きゃー♡』ファンだろ？　握手会なんか始めたら『きゃー♡』行列間違いなしだろうし、ひれ伏す以前に『きゃー♡』興奮が……って、うるせぇなぁ、おい!?」

屋敷から聞こえてくる黄色い歓声に驚くフィル。

このままではご近所迷惑で苦情が来そうであった。

「まぁ、歓迎されないよりかはいいじゃない（シュボ）」

「おい待て、マッチを擦《す》るな手紙を燃やすな！　屋敷は火気厳禁ってこの前お伝えして貼り紙まで作ったじゃんよ！　ご近所から『焦げ臭い』って苦情がきたら怒られるのは俺なんだぞ!?」

一枚一枚丁寧に燃やそうとしているカルアを寸前で制す。

大事に保管という考えはないらしい。

「というより、フィルはどうするわけ？」

「燃えるー……俺のモテ証が灰になるー」

「気にしないでちょうだい。後片付けならちゃんとやるから」

さめざめと泣くフィルの目の前でカルアは容赦なくハートマークのついた手紙を燃やして言った。

「……んで、どうするって？」

「リリィ様のことよ。だらしないあなたが情けなく宝石に目移りして同棲させちゃったけど」

「カルアはきっと薔薇が似合うと思うんだ。言葉の節々に棘《とげ》を感じるし」

とはいえ、と。

フィルは頬杖をつく。

「一旦様子見だろ。『影の英雄』目的で婚約したいっていうのは分かってるが、俺はしたくないし。向こうも権力フルオープンしていないから無下にしたくはない」

「まぁ、無下にしたら権力がフルオープンになるかもしれないものね」

「そうそう、したくはないんだろうけどあまり拒絶して王族の権力なんか持ち出されたらいよいよお終いだ。馬車馬の片道切符だけじゃ済まなくなるし、滞在ぐらいならさせてやればいい」

重度な拒絶は相手を追い込んでしまうことになる。

その手段は使わないと決めていても、目的が果たされないのであればその手段を使うしかないと考え始めてしまうかもしれない。

そういう思考こそドツボに嵌まることはあるのだが、そこで得られる恩恵は今回フィルにはなかった。

しかも、相手はニコラとは違っていかにも机上の策謀に向いていない小さな女の子。

ヤケになってしまう可能性は充分にある。

ならば、少しの飴をあげて活路を見せてあげるべきだ。飴のおかげで、取りたくない選択肢を取らさずに済むのだから。

「正直、罪悪感もあったけどな。しかも、なんか抱え込んでるっぽかったし。それが宝石か、はたまた罠かは開けてみないと分からんが」

「あなたが罪悪感なんて珍しいわね。いつもなら助けるか関わらないかのどっちかだったのに」

それの大半が助けるという選択を取っているのだが、カルアは口にしなかった。

どうせ照れて否定してしまうのだろうと、フィルのことを熟知しているからだ。

「やっぱり、人徳に長けた王女様は違うね。カルアの言っていた通り、知人の話で盛り上がったが内心で好かれたいってどうしても思ってしまう。あぁいうタイプが一番戦争なんかしちゃいけねぇんだ、なんせお目々にハートマーク浮かべて無関係な野郎まで槍持って突貫することになるからな」

さてと、と。フィルは書類を机に放り投げて立ち上がる。

「仕事も終わったし、ちょっと行ってくるかなー」

「どこ行くの？」

「ん？　ちょっくら娼館にぶべらっ⁉」

「……はぁ」

「ダメならダメって言えばいいだろう⁉」

言ってはくれなかったが、頬に走る痛みが「行くな」と言っていることは分かった。

「……じゃあ、リリィ様の様子でも見に行ってくるよ。王族を放置プレイなんて知られたら各種方面から不名誉な罵詈雑言《ばりぞうごん》だからな」

最近滅多に聞かない罵詈雑言を回避するため、フィルはそのまま部屋を出る。

もちろん、カルアもその後ろをついて行った。

リリィに与えられたのは、以前ミリスが使用していた客間である。

人一人なら充分に暮らせるほどの広さであり、快適な暮らしができているのは文句が上がってこなかったところを見れば分かるだろう。

やはり王族一人で外出などあり得ないため、護衛には三人の騎士が来ていた。

その人間は別途、使用人達が使っているような空き部屋に住んでもらうことになっている。流石に王族と同じような待遇はさせられない。

「そういえば、イリヤの姿を見てねぇな。またお使いばっかかさせてんの？」

廊下を歩き、外出する気配を一向に見せないリリィの下《もと》へと向かう。

「あの子、すぐ嫌がるから最近は行かせてないわ。この前、街で迷子になったのが恥ずかしいんですって」

「何その理由すっごく可愛い」

微笑ましい理由で怒る気にもなれなかった。

フィルが少しキュンキュンしてしまっていると、すぐに客間の扉の前へと辿り着く。

そして、一声かけるとそのまま扉を開けた。

「リリィ、入るぞー」

――――そういえば。

リリィが屋敷に来て、もう一つ意外なことがあったのを忘れていた。

「フルハウスですっ！　ふふんっ、リリィが私に勝とうなんて百年早いんですよ！」

「ズルい！　絶対イリヤちゃんイカサマしてる！　そういうのよくないんだってニコラお姉ちゃんが言ってた！」

部屋の中には、楽しそうにトランプ遊びに興じている少女が二人。

意外なことは、最近屋敷に雇われたイリヤとリリィがとても仲良くなったことだ。

権力に屈せず、権力を嫌いそうなイリヤではあったが、一週間が経つとこうして二人でトランプをするほど仲がよくなっている。

それは歳が近いからだろうか？　少なくとも悪いことではなかった。

「イリヤ……あんた、何をやってるの？」

「ち、違いますよっ!?　サボってるとかじゃなくて……そうっ！　クズな主人が夜の遊びにお忙しくて接待してないので私が代わりに接待してるだけですっ！　偉いんです、私は！　変態な主人とは違って！」

「おい、さっきから頭に変な罵倒が入ってないか？」

まだ行ってすらねぇのに、と。フィルは口笛を吹きながら目を逸らすイリヤにジト目を向けた。

「まぁ、俺がイケメンでジェントルマンでイケメンだってことは置いておいて」

「言ってねぇです」

「何やってんだ、お前ら？」

「トランプだよ！」

リリィが手元のカードをフィルに見せつけた。

様子を見に来ただけであったが、ふとフィルは興味を示した。

「懐かしいなぁ、トランプ。前にやったのっていつだっけ？」

「私も子供の頃以来やってないわね。懐かしいと言われれば懐かしいわ」

「それこそ、若かりしメモリーに微かに残っているぐらいだよな。この歳になるとやんねぇんだもん」

「貴族の茶会でトランプがあったら驚きだものね」

「目の前にジジイが座っているのにトランプがあったら笑いを隠し切れねぇしな」

大人になればなるほど離れていく遊び。

リリィ達もそれほど子供という歳ではないが、フィル達よりかはまだ幼い。きっと、部屋で見つけてしまって遊ぶことにしたのだろう。

とはいえ、世の中には賭博場という場所があり、その中でトランプを使ったゲームはよくある。

しかし、フィルとカルアは賭博を嗜まないため、トランプなど本当に物心つく頃以来であった。

「遊び人って呼ばれているフィル・サレマバートにしては意外ですね。賭博場でネギを背負《しょ》いながらよく遊んでいたのかと思っていました」

「カモじゃねぇよ、こう見えて強いんだよ。ポーカーフェイスは『影の英雄』の十八番なんだぞ」

「十八番、ねぇ……」

カルアが少し考え込む。

そして、ピトッ、と。唐突にフィルの腕へと抱き着いた。

「むぅ……確かに動じないわね」

「言っただろう？　動じない、臆さない、やらかさないが売り文句の俺様にはこの程度のスキンシップで表情を変えることはないって。それに、そもそも圧倒的に胸の弾力が足りな――」

「あ？」

「ち、ちがっ……目は、グーで……つぶぅ、すものじゃ……！」

グーでなくとも目は潰すものではない。

「せっかくだからさ、フィルお兄ちゃん達も一緒にトランプしようよ！」

「お、おーけー……時間も空いてるし、やりますか。でも、ちょっと待ってな……お兄ちゃん、視界が涙でぼやけて見えないんだ……」

瞳をゴシゴシしながら、笑みを浮かべているであろうリリィ（※見えていません）に首肯するフィル。

加えて、涙で拳が汚れてしまったカルアも布巾で拭きながら同意した。

「なら、私もやろうかしら。久しぶりにやってみるのも面白そうだし」

「むっ！　あの時のリベンジを果たすチャンスが訪れましたよ！　この女を負かすために私もやります！」

「あら、私もこう見えて――」

「胸が平らなんですね」

「ぶち殺せるの」

「こう見えてぶち殺すっておかしくないですか!?」

冗談が通じないカルアに怯え、イリヤは真っ先にフィルの背中へと隠れた。

何故なら少し前に受けた飛び膝蹴りの痛みが蘇ってきたからだ。

「どうしよ、さっきポーカーはしちゃったし……この人数だし、ババ抜きの方がいいかな？」

「「ババ……」」

「こっちを見ている二人共、ちょっとそこに並びなさい。噂によると三途の川って結構綺麗らしいわ」

「さ、さぁ、ジョーカーを一枚抜いて始めようっ！」

「私が一番になってやります！」

二人は流れで向けてしまった視線を戻して急いで床へと座る。

怖いのなら、からかわなければいいのに。

「でも、どうせだったら罰ゲームか褒美でも決めるか。ただ遊ぶっていうのもスリルがなくてつまらんだろ。今時の子は肩車よりもジェットコースターの方が好きらしいしな」

「何にするの？　言っておくけど、あんまり甘やかすようなことしちゃダメよ。甘すぎる飴を与えちゃうとそれが当たり前になっちゃうんだから」

「カルアはきっといいお母さんになるよ、うちの母上に聞かせてやりたいぜ――ってことは置いておいて。無難にここは家主である俺が勝った奴のお願いを聞くっていうのはどうだ？　それなら健全だし、お前らは少しぐらい盛り上がるんじゃないか？」

「じゃあ、私が勝ったら婚約してもらう！」

「健全な範囲にしような」

ババ抜き一つで将来が決まるのも中々珍しい。

「私は一日膝枕にしてもらおうかしら」

「膝が痺れる」

「だったら私は裸で街を一周にします！」

「お前、主人の尊厳を溝に捨てんじゃねぇよ、鼠が食って行くだろうがッッッ！！！」

絶対にイリヤだけには負けられねぇ、と。フィルはトランプを集めてシャッフルしていく。

順番は『フィル↓カルア↓イリヤ↓リリィ』の順。ババ抜きのルールは説明するほどではないと思うが、一応説明をすると数字の同じ二枚を揃えて早く手札がなくなった人間が勝ちというルールである。

フィルがカードを配り終えると、それぞれ初めのペアを捨ててゲームが始まっていく。

その時、まず先にとカルアが手を上げた。

「それじゃあ、私から始めてもいいかしら？」

「構わねぇよ。先攻後攻で文句を言うほど器の小さい人間じゃないからな」

フィルの言葉に、リリィもイリヤも同意する。

そして、カルアはイリヤの手札を睨みながら――

「明日の仕事をなくしてあげるから『3』を寄こしなさい」

「これが『3』です」

「賄賂!?」

なりふり構わない手札の選択にフィルは驚いた。

「そういうゲームじゃなくない？　やってるの積み木じゃねぇんだよ、賄賂を積み上げて勝つなんて卑怯じゃね!?」

「私は勝つためなら手段を選ばないわ」

「一体何がお前をそこまで駆り立てる……ッ！」

膝枕である。

「じゃあ、次は私ですね！」

宣言通り『3』を引いて揃えたカルアを他所《よそ》に、明日のお仕事が免除されたイリヤはリリィの手札を引こうとする。

「リリィ、ジョーカー持ってますか？」

「も、もももももも持ってないよ!?　うん、ジョーカー、持ってないっ！」

「凄いです。これほど警戒しなければいけない状況だって教えてくれるシチュエーションは中々お目にかかれません」

「ジョーカーはそこか。安心安全で何よりだ」

「交通規制はしっかりしなさいよ、イリヤ」

あからさまに目が泳ぎ、動揺し始めるリリィ。

これほど分かりやすい人間はいないだろう。よくも悪くも純粋な女の子だ。

「ふむ……これ、ですかね？」

イリヤはリリィの顔を真っ直ぐ見ながらカードに手をかける。

「……ッ（ふるふる）」

「じゃあこっちですかね？」

「……ッ（きらきら）！」

「こっちにするです」

「あぁっ！」

とりあえず、お目々が輝いたトランプではなかった方を引いていく。

それがジョーカーではなかったのは二人の顔を見れば一目瞭然であった。

（……なんか一生ジョーカーが回ってこなそうな気がするわー。ババ抜き、ちゃんと成立してんのか、これ？　王族に対する弱い者いじめで不敬罪にならないか心配になってくるんだけど）

ジョーカーは順番通り引くとフィルから一番遠い人間が持っている。

その持っている人間がこうも分かりやすいのであればイリヤが引くこともないだろう。そして、リリィがあがることもなさそうだ。

なんか可哀想だな、と。そんなことを思いながらフィルはリリィに向けてトランプを向けた。

「うぅ……『8』はどれかなぁ……」

涙目になりながら、リリィがフィルの手札を凝視する。

よほど『8』がほしいのか、潤んだ瞳に浮かぶ涙の粒が徐々に大きくなっていった。

「…………」

愛くるしい顔立ち、庇護欲擽《くすぐ》られる雰囲気、幼く可愛らしい容姿。

その全てが一身に向けられてしまう。それ故、何故かフィルの心に多大ななんとも言い表せぬ感情が込み上げてきた。

「……（スッ）」

「？？？」

「……（トントン）」

「これ、引いた方がいいの？」

「……（コクリ）」

「えいっ！　や、やった！　『8』だ！」

リリィが満面の笑みを浮かべて嬉しそうにカードを捨てていった。

その時、ふと二人から肌に突き刺さるようなジト目を向けられる。

「「…………」」

「仕方ないだろう!?　おまっ、あんな顔をされて助けてやらない男なんかいるか!?　迷子になった子供を見捨てられるほど心は腐っちゃいませんが俺は！」

流石は人徳に長けた王女。ポーカーフェイスは無理であっても、相手の感情を自然と味方につけてしまう技術はお手の物であった。

「ぐっ……！　皆が着々と減らしていく！　このままじゃ、膝枕と全裸で徘徊する変態にジョブチェンジしなきゃならなくなる……ッ！」

ある意味自業自得な部分もあるのだが、フィルは気合いを入れてカルアの手札を凝視する。

手札は突き出した格好で向けられている。つまりは、手札を見ようとすると必然的に相手の顔が視界に入ってしまう状態。

そうすると何が起こるか？

「……は、早く取ってくれないかしら」

「なんでそんなに顔が赤くなってんの？」

「いいからっ！　早く取って！」

見つめられているような気分になるのだ。

カルアはそのせいで、ほんのりと頬を染める。

「そう言うなって。ジョーカーは可愛いマスコットちゃんが持っているとしても、俺のトランプと同じやつがカルアの手札に眠っているかもしれん。ここは慎重に選ばないと……！」

「分かった……分かったからっ！　何がほしいの!?　あったらちゃんとあげるから！」

「待って、そこまで見られるのが嫌なのか、傷つくぞ、俺？」

『5』がほしい、はい『5』よ。そんなやり取りがされて手元にやって来る『5』。

知っているババ抜きからほど遠いなと、フィルは少し遠い目をした。

「ベタベタっていうのは分かってましたけど、案外女らしい一面もあるんですね！　いいですね、そういう乙女な部分はイリヤちゃんも好印象。低かった好感度も急上昇――」

「顔を殴られたくなければ『10』を寄越しなさい」

「……『10』です」


そんなこんなで、順調にババ抜きは進んでいった。

結局、その時のババ抜きはリリィが負けてしまい、カルアが一番抜けということでフィルの褒美は膝枕になったのだが――

「あの女……やっぱり怖いです、トラウマ級の存在です」

「俺の顔、そんなに汚いかなぁ？　豚よりかはマシだって自負があったんだけど……」

「ねぇ、どうしてフィルお兄ちゃん達は隅っこで蹲《うずくま》ってるの……って、カルアお姉ちゃん、お顔赤いよ？」

「あんなに見つめられるのは、その……嬉しいのだけれど……！」

各々、とてもババ抜きをしたあととは思えない様子であった。

とはいえ、それはまた余談である。

◆◆◆

「フィル・サレマバート。ちょっとお願いがあります」

その日の夜。

フィルの下にイリヤが訪れた。

「……お前さ、人がパンツ一丁の時にやって来るか普通？　男にだって大事な尊厳っていうものがあってだな、今後のためにしっかりお勉強した方がいいぞ？　新婦入場の時に相手してやんねぇからな？」

「どうしてフィル・サレマバートが私の身内になってんですか。野郎は嫌いなので結婚なんかしないです」

イリヤがパンツ一丁のフィルに向かってため息を吐く。

どうしてこんな状況になっているのか？　それは語るも短い――――単純にイリヤがフィルの部屋をノックもせずに入ってきたからである。

「はい、フィル。洗濯しておいたわ」

そして、そんなパンツ一丁の部屋に平然といるカルア。

手には無柄のお面と黒装束が握られており、受け取ったフィルは恥じらいを感じない様子で着替えていく。

「んで、どうしたよイリヤ？　お花摘みに行けないんだったらカルアについて行ってもらえよ。俺じゃ無理だ、乙女の音を聞いたら確実に耳じゃなくて目を潰される」

「誰も夜のお手洗いが怖いなんて言ってねぇです。最近、動いてないんでどこかで体を動かしたいんですよ」

　動かしたい、というのは決して体が鈍《なま》るというだけではないだろう。

　愛くるしい顔をしているが、イリヤは立派な魔術師。しばらく何もしていなければ勘が鈍《にぶ》ることだってある。

　そのため、魔術師の多くは時折体を動かすことによって魔術師としての勘が鈍らないようにすることがあるのだ。

　カルアが騎士団の面々の訓練に付き合っているのも、自身の勘が鈍らないようにする側面もあった。

　それが分かっているため、フィルは少し考え込む。

「んー……ならちょうどいい。お前も一緒に行くか？」

「はい？　どこにですか？」

「どうせ、イリヤにはバレてんだ。ちょっと人助けに付き合ってもらうぐらいはいいだろ。なぁ、カルア？」

「そうねぇ、いいんじゃないかしら？　まぁ、一対一で何かをされる心配もあるけど」

「なら、カルアも一緒に来るか？　弁当だって一人分も二人分も作るの変わらないって言うだろ？別に何人移動させようが負担は変わらねぇし」

「私、あなたの空間って嫌なのよね。乙女的にアウトなラインな気もするし。それに――」

　カルアが部屋の入り口の方をチラリと見る。

その時、もう一度扉が開いた。今度は、イリヤとは違ってとてもゆっくりであった。

「あ、あの……お手洗いって、どこ？」

そこから顔を覗かせたのは、おずおずといった様子のリリィ。

もちろん、お手洗いの場所など一週間も過ごしていれば分かるはず。それでもこのようなセリフを言っているということは……つまり、とりあえず案内の体裁を用意してついてきてほしいのだろう。

誤魔化しているようで、夜中のお手洗いが怖いのは丸分かりであった。

「リリィ様のことを守ってあげないといけないし。屋敷の騎士とリリィ様が連れてきた騎士だけじゃ心許ないわ」

「騎士が聞いたら涙で訓練に勤しみそうなセリフだな。言うなよ？　メンタル壊してあやすなんて飴ちゃん消費するだけなんだから」

フィルはイリヤに向かって手招きをする。

首を傾げながらも促されたイリヤはゆっくりとフィルの下へと近づいた。

そして――

「だからどこに行くって……」

「んじゃ、行ってくる」

「うん、行ってらっしゃい……英雄さん」

「ちょ!?」

フィルとイリヤの体は床に現れた影へと沈んでいく。

最後に戸惑っているイリヤの顔があったような気がしたが、その姿もあっという間に消えてしまった。

「あれ……？　フィルお兄ちゃんとイリヤちゃんが消えた……？」

「ささっ、お手洗いにご案内しますね、リリィ様。お化けが来ないよう歌でも歌った方がよろしいでしょうか？」

「こ、怖いわけじゃないよ!?」

唐突にいなくなってしまった二人に首を傾げるリリィだが、すぐにカルアと共に部屋を出ていく。

先程まで騒がしかったフィルの部屋は一気に静かなものへと変わっていった。

◆◆◆

フィルの『縛り』の魔術によって移動した二人。

その所要時間は僅か数秒。影から姿を現した時には、見慣れない景色が広がっていた。

「うぅ……体が変な感じです。こう『ギュッ』って縛られたような。男の尊厳云々《うんぬん》って言ってましたけど、乙女の尊厳も失ってそうなやつです」

「人によって好みが分かれるからな」

「……人というより性別じゃないですか？　これ、訴えたら私勝てますよ？」

先に出ていたフィルがイリヤの腕を摑んで引き上げる。

フィルが扱っている『縛り』の空間は対象を空間に縛るというもの。抵抗されないよう、空間内では鎖に巻かれたような感覚が襲い掛かるのだが……カルアも言っていた通り、乙女的にはアウトらしい。

利便性は抜群なのだが、少々色々と気を遣わないといけないところがあるみたいだ。

「んで？　ここはどこです？　夜の甘いデートっていう割にはシチュエーションが最悪な気がしますけど」

イリヤはメイド服を少し叩きながら辺りを見回す。

立っている場所は見晴らしのいい丘の上。上を見れば綺麗な夜空が広がり、心地よい風が肌を撫でてとても開放的であった。

ただ一つ違うのは、丘の下――――そこで松明の明かりに照らされながら甲冑を着た人間達が剣を振り回している光景だろう。

耳に響くような金属音と悲鳴、雄叫びが耳障りであり、開放的な自然を味わう余韻を邪魔していた。

「状況は？」

イリヤの質問に答える前、フィルはお面をつけたまま誰に投げかけるわけもなく口にした。

すると、後ろの茂みからひょっこりと一人の青年が顔を出す。

「アルム帝国とアルアーデ国との小競り合いみたいです。ただ、問題なのが……その、この付近にアルアーデ国の村がありまして」

「なるほどな。このまま続けば村に被害がいく可能性があるってことか」

「左様です、『影の英雄』様」

フィルが丘の上から小競り合いを見下ろす。

状況を見るに、どうやら片方が野営をしている間に片方が襲撃したのだろう。

「誰ですか、この人？　夜中に隠れんぼって随分といい趣味してますね」

「俺のちょっとしたお仲間さんだよ。表では動きたくない俺の代わりに働いてくれてるボランティアの一人だ」

「へぇー。さっきの魔術然《しか》り、『影の英雄』は面白いことやってますね。もしかして、これはその一環ですか？」

「一環ってほど大仰なことじゃないさ。単なる人助けだよ。戦争をやるのは構わねぇが、無関係な人間を巻き込むってなれば話は変わってくる。肩入れするならアルアーデ国かな」

そっちの方が平和的に守れそうだ、と。フィルは肩を竦めた。

「よくもまぁ、こんな夜遅くに人助けでもしようなんて考えたものです。知り合いでもなければ国も違う、まったくの無関係じゃないですか」

「関係がなけりゃダメなのか？」

「はい？」

フィルの何気ない一言に、イリヤは首を傾げる。

そして、フィルはさも当たり前のように質問に対して返答した。

「知らない奴らの幸せを願っちゃダメなのか？　世の全員が幸せになってほしい……なんて聖人君子のようなことは言わねぇけどさ、手の届く範囲の奴らぐらいは幸せになってほしいって思うんだよ、俺はな」

「…………」

眩しいな、と。イリヤは思わず言葉を失ってしまう。

優しさの象徴、誰かの英雄《ヒーロー》。一体、どれだけの人間がフィルと同じような考えを持ち、行動に移せるのだろうか？

怠惰ではあると思う。面白いな、とも思ったことはあった。

だがしかし、ここまでの優しさを見たのは初めてだ。

さぁ、どこか分からない村の人達を助けよう。今から起こるのはちょっとした戦争で、いくら実力があったとしてもちょっとした油断で死んでしまう戦場。それでも人を助けよう。

我が身が傷つくことなど気にせず、他人の笑顔が守られればそれでいい。

イリヤにとっては眩しかった。自分は己のためだけに戦場へと赴き、優しさとは遠い理由で誰かを傷つけてきたのだから。

「……随分と、気前のいいボランティアじゃないですか」

「そう言うなって、やってみたら意外と楽しいもんかもしれないだろ？　誰かの幸せを願うっていうこの感情も、ある種の自由で、俺の理想だ」

フィルはイリヤの頭に手を置いて、無柄のお面をつけたまま口にした。

「今までのお前がどんな道を歩いてきたか知らねぇけどさ、ちょっと俺を助けてくれよ。優しい女の子だっていうのは知ってるからさ」

あぁ、なるほど。そういう理由か。

フィルはイリヤを変えようとしてくれているのだ――憧れていると口にし、汚れてしまったと諦めてしまったイリヤを。

ふと、イリヤの頬が赤くなる。

それは照れか、はたまた嬉しく思ったからか。イリヤはそっぽを向いて小さく呟いた。

「し、仕方ねぇですね……体も動かしたかったですし、誰かさんのお優しいボランティアを手伝ってやります」

「おう、そうこなくっちゃな」

フィルは笑うと、そのまま丘の上を飛び降りた。

降り立つのは夜襲現場のど真ん中。どちらがアルム帝国でアルアーデ国なのかなど、襲う襲われるの構図を見れば一目瞭然であった。

フィルが降り立ったことで、周囲にいた人間が一気に騒ぎ始める。

『な、なんだお前は⁉　一体どこから来やがった⁉』

『待て……無柄のお面に黒装束、こいつは『影の英雄』じゃないのか⁉』

『クソッ！　どうしてこんなところに現れるんだ！』

騒ぎ立てる人間に、フィルは何も反応しない。

本来、フィルが『影の英雄』として活動をしている時はこんなものだ。

何も言わない。誰かを勝手に助けては勝手に立ち去る。

見返りなど必要とせず、誰かが救われたのを確認して影のように消えていくのだ。

今回は近くの村が襲われないようにアルアーデ国を支援し、アルム帝国を撃退する。

極力敵は殺さず、穏便にことを解決させるのが目的だ。何せ、自分はまったくの無関係で他国の争いがどうなろうとも知ったことではないのだから。

「さぁさぁ、やってやるですよ！　美少女魔術師イリヤちゃんの登場だ！」

その時、フィルの近くにメイド服を来たイリヤがゆっくりと降り立った。

イリヤの周囲には小さな短剣が何本もふわふわと浮遊している。飛び降りたにしては軽やかであったし、宙に浮かせているのもイリヤの『重力』の魔法なのだろう。

随分と便利な魔術だなと、フィルはお面越しに苦笑した。

『また誰か来たぞ!?』

『『影の英雄』に仲間なんていたのか!?』

他国であろうとも『影の英雄』は周知されていた。

だからこそ、一緒に現れたイリヤに驚いたのだろう。カルアが一緒について来ることなど滅多にないし、仲間がいることなど噂では流れていなかったのだから。

「野郎は御前から消えやがってくださいっ！　今日の私はちょっとした英雄《ヒーロー》のおままごとで忙しい

んですからね！」

イリヤの短剣が物凄い勢いで射出される。

それは的確にアルム帝国の兵士を襲っていき、その全てが甲冑を貫いて突き刺さって勢いを殺し切れないまま吹き飛ばしていった。

それをきっかけに、周囲の面々は『影の英雄』達がどちらの味方をするのかを理解させられる。

焦ったアルム帝国の兵士達は一斉にイリヤへと襲い掛かるが、近づく手前……皆同じように一瞬に地面へと倒れ伏してしまった。

まるで何か背中に重たいものでも伸《の》し掛かったかのような。

（『重力』を操る魔術。応用も効きそうだし、範囲も広そうだ。まぁ、だからカルアに負けたんだろうが）

イリヤのテーマは『重力』。

一定範囲の重力の強弱を操作でき、浮かせることも圧することも可能な魔術だ。

恐らく、今浮かしている短剣は自身付近を無重力化しているからだろう。射出時には強大な重力を浴びせ、たった数百グラムの物体を超高度から鉄球でも落としたかのように変化させる。

加えて、周囲に伏せてしまっている面々に対しては常に一定範囲に強大な重力を浴びせ続けていると推測できる。

単純な一点のみを操作できる魔術ではあるが、それによって生み出せる力は多種多様。

応力の幅の広さはフィルに届きうるかもしれない。

（そりゃ、一点特化のカルアとじゃ相性が悪いわな。魚が大好きな人間に肉や野菜のフルコースを味見してもらうようなもんだ）

さて、俺も頑張るかと。フィルは手元に影を集めて圧縮、それを片手で上空に放り投げた。

なんだあれは？　そんな言葉が周囲にいた騎士達から生まれる。

だが、そんな疑問に誰かが答える前に――――球体からいくつもの鎖が騎士達の頭目掛けて伸びていった。

『な、なんだこれガッ!?』

その鎖は徐々に体全体を覆い始める。そして、その体は徐々に球体へと引っ張り上げられ……その姿を消していった。

傍から見ている人間は「吸い込まれた」と、そんな風に思ってしまうだろう。

小さな球体が何人もの人間の体を取り込んでいるのだから、物理を無視した現象には驚くしかない。

フィルのテーマは『縛り』。対象を縛る、もしくは己に縛りを与えないことで己の魔術とし、幅広い応用を効かせていた。ここまで移動してきたのもフィルの魔術によるものだ。

――――鎖影《さえい》。

鎖に繋がれた相手を強制的に縛り、フィルが生み出した空間へと移動させるものだ。

フィルの空間は基本的にフィルの任意によって取り出し、取り込むことが可能。唯一、先日の南北戦争においてキラが脱出することができたが、あれは例外中の例外だ。

常に鎖のようなもので対象は空間に縛られている。引きちぎれるような力があれば構造的には脱出はできるのだが、それは『対象に応じてその対象以上の力を持つ』というキラの魔術があったからこそ。

並の魔術師、そこいらの人間には到底防ぐ術《すべ》はない。

「えげつねぇですね。拾うのは構いませんが、あとでゴミはちゃんとゴミ箱に捨ててくださいね？」

短剣を自在に操り、周囲の騎士を広げた重力によって倒していくイリヤがそんなことを口にする。

言われなくとも、と。フィルは返答こそしないものの片腕を上げて反応を返した。

（イリヤがあの調子じゃすぐに終わりそうだな。流石は雇われの魔術師……カルアに負けたとはいえ、雇われるだけのことはある）

フィルは悠々と戦場の中で一歩を踏み出す。

（さて、他者の自由も尊重しない野郎共にお灸を据えるとするか。人の幸せを踏み躙《にじ》る人間の結末がどうなるか、しっかりと勉強させねぇとな）

仮面越しに笑みを浮かべる。

するとその瞬間、フィルの背後から聳え立つような影の波が生まれたのであった。

◆◆◆

あのあと、フィル達は無事に小競り合いから村の人間を守ることができた。

アルム帝国の人間は丁重に遠くへと運び、意識を失わせることによって仕切り直しを整え、イリヤ伝手ではあるが離れた場所で戦えとアルアーデ国の兵士に伝えた。

そのあとは屋敷へと戻り、それぞれ眠たそうな顔をしながら各々自分のベッドへと戻った。

そして、その日の朝――

「ふぁぁ……」

フィルは窓から差し込む陽の光によって目が覚める。

周囲を見回す。今日カルアは起こしに来ていないようだ。

それもそのはず、カルアはフィルが夜に出掛けて人助けをしているのだと知っているからだ。

頑張っている人間……というより、善行をしてきた人間に労いぐらいは与えてやりたい。

そういう部分もあるからこそ、いつもカルアはフィルが夜に『影の英雄』として働いた日はゆっくりとさせている。

「……今何時だ？」

壁掛け時計をチラリと見て時間を確認する。

見れば針はまだ下の方に集まっていた。どうやら眠りが浅かったようで、ちょうど時刻的には皆が起床する頃合い。

もう一回寝るか？　そう思って、フィルは起こした上体をゆっくりとベッドへ寝かした。

――その時だった。

ようやく、寝ぼけていた意識が違和感に気づく。

具体的には、自分の横に大きな膨らみがあるということに。

フィルは重たい瞼を擦りながらゆっくりとシーツを捲った。

するとそこには、寝間着姿のカルアが――

「……おっと、開幕早々夢見る男の憧れである朝チュンシチュエーションとは。主演の俺も流石に驚かずにはいられないっす」

フィルはとりあえず目頭を押さえる。

美しく、それでいてどこか可愛さが残る端麗な顔立ちは無防備。気持ちよさそうに寝息を立て、体を自分の方へと向けている姿は信頼が見て取れた。

加えて、仄かに甘い香りがする。少しでも動けば体が触れてしまいそうだ。

昨日、屋敷へ戻ってきた時には誰も部屋にはいなかった。自ら目が覚め、周囲を見回しても相棒の姿はなかったため、ゆっくり寝かせてくれているのだろうと思っていた。

しかし、これは一体どういうことだろうか？　全ての状況判断を覆し、予想外の現実が襲ってきたではないか。

「…………」

フィルの寝起きの思考はまだ覚醒しきれていない。

この状況、このタイミング、この相手。どう振る舞い、行動するのか悩みに悩む。

しかし、その思考もすぐに消えることになった。

「んむぅ……」

カルアの手がフィルの腰へと伸びてくる。

そして、そのまま引き寄せるかのように抱き着き始めてしまったのだ。

（……マズい）

何がマズいって？　そんなの、久しく使っていなかった聖剣が元気を取り戻そうとしているからですけど？

今更言うことでもないと思うが、カルアは自他共に認める美少女だ。

恥ずかしい話、フィルは何度も意識したことがある。色々集まってくる女性よりも、誰よりも。

それなのにこんな状況で意識するなというのが無理な話だ。

フィルは仕方なく理性を勝利へ導くためにもカルアの肩を揺すって起こし始めた。

「おい、カルア。朝チュンからのプロローグなんて上級シチュを舞台慣れしてない役者はまだ望んじゃいねぇんだ。起きろはりー」

「ん……んっ」

肩を揺らされたことによって、カルアはゆっくりと目を開ける。

すると、シーツの中からモゾモゾと動き出し、ようやく体を起こしてフィルから離れた。

「……あら、起きたの。早いじゃない」

「そうだな、目が覚めちゃったんだよ。その前にカルアさんがいる理由でも聞いておこうか？　俺がアウトラインを踏んでいないか主観的に判断するために」

「昨日の夜は頑張ったわね……」

「アウトライン!?　それとも昨夜の労いなのかどっちですか!?」

紛らわしい言い方である。

「昨日、夜遅かったみたいだからちゃんと帰ってきたか確認したかったの……」

カルアが瞼を擦りながら口にする。

ちなみに、カルアの寝起き姿はフィルにとって珍しいものだ。

何せ基本的に遅く起きるのは自分であり、その頃にはカルアはメイドとしてしっかり身だしなみを整えているからである。

故に、寝起きで少し弱々しい様子や、肩口の紐が下がり程よい膨らみのある胸部や、小さな寝癖が生まれている赤髪などはフィルの胸を高鳴らせてしまう要因だ。

フィルはどうにか悟られないようにと、頬を引き攣《つ》らせながら平静を装った。

「そ、それで?」

「見に来たらフィルが気持ちよさそうに寝てたの。寝顔が可愛かった」

「あらやだ恥ずかしい」

「一時間ぐらい見てた」

「あらやだ本当に恥ずかしいっ!」

そこまで見られると、いつも顔を合わせているとはいえ流石に恥ずかしい。

「そしたらなんか眠たくなっちゃって……フィルのベッドで寝ることに決めたの」

「お、襲われるイメージを想像しようぜカルアさん？　お兄さんはプライバシーくんがさり気なく侵害されたよりもあなたの危機感が欠如していないかが心配になっているんだよ、うん」

「フィルならいいもの……」

「ッ!?」

その言葉に、フィルは思わずドキッとしてしまう。

顔に熱が上り、言いようのない感情が胸に湧いてくる。

「起きた時『恥ずかしい』って言っても知らんからな……ッ！　いい大人なんだから、発言にしっかりと責任が生まれることを身を以《もっ》て知りたまえ！」

「手、出される……？」

「きょ、今日のところは勇気と元気と度胸がお外へ遊びに行ってるから見逃してやるッッッ！！！」

フィルはカルアの脇と腰に手を伸ばすと、そのままお姫様抱っこの要領で抱え上げる。

とりあえず、寝ぼけているカルアを彼女の部屋に運ばなければ。

こんな状況、誰かに見られてしまえば誤解されてしまう可能性が――

「フィルお兄ちゃん、遊ぼー！」

「起きるですよ、フィル・サレマバート。朝食ができたみたいです」

か、可能性が……。

「「あっ」」

三人の視線が交差する。

そして――

「あ、あぅ……フィルお兄ちゃんとカルアお姉ちゃんが……」

「あらあらまぁまぁ、朝からお盛んじゃないですか」

「誤解だ！　自他共に認める誤解なんだと言わせてくれ！」

「他は認めてねぇですよ？」

「俺が認める誤解なんだ、リリィは頬を赤らめるな客観的構図が更に悪化してしまう！　手も出せてないのにこれだと俺が可哀想すぎるだろッッッ！！！」

このあと、誤解を解くのに数十分と大量のお菓子を消費した。

「ふへへ……フィルのお姫様抱っこ」

「あー、もうっ！　いつもより甘えん坊が天元突破してないですかねこの相棒さんは!?　あとで恥ずかしがる未来が見えるよ俺もお前も！」

なお、普段見ないカルアの姿がいつも以上に可愛かったと思ったのはフィルだけの内緒話である。

◆◆◆

「……穴があったら入りたいわ」

朝食を食べ終わり、カルアがフィルのいる執務室の隅で蹲る。

ちなみに、フィルは横で優しく頭を撫でていた。

「まぁまぁ、そんな落ち込むなって。一説ではギャップというものが大変需要があってだな。ストレートに言うと可愛かったぞ」

「うぅ……一生の不覚だわ。頼れて優しくて温厚が売りだったのに」

「???」

はて、普段から甘えられてきているような気がしていたのだが、と。フィルは首を傾げる。

「まぁ、ただちょっと色気は足りなかったかな？　特に貧相な未開拓地は『ずぶり♪』目がァァァアァァァァァアァアァァアァッッッ!?」

フィルの視界が一気に暗転する。

激しく走る痛みに、思わずフィルは目を覆いながら床をのたうち回ってしまった。

「言いたいことはそれだけかしら？　山よりも深い私達の仲じゃない……遠慮なんかしないで、まだストックがあるなら今のうちに吐き出しちゃいなさい、綺麗に潰すから」

「頼れて優しくて温厚が売りだったんじゃないの!?」

温厚からは程遠い手の早さである。

「ふぅ……なんかフィルがそんな調子だから恥ずかしい気持ちがどこか行っちゃったわ。初々しい時間も終了にしろっていうフィルなりの気遣いだったのね」

「も、もちろんだとも……ッ！」

カルアは先程まで見せていた朱色に染まった頬を戻し、いつものような表情へと戻って立ち上がる。

なお、フィルは涙が止まらず未だに蹲っていた。

「あ、そういえばこれから客が来るんだったわ」

カルアが思い出したかのように口にする。

「何、客来んの？　知らされてないのが鉄板になってない大丈夫？　ちゃんと工程までハッキリしないとゲテモノ食べる羽目になっちゃうよ、俺？」

「そのゲテモノじゃないかを確認して捨てに行くのよ」

「料理名ぐらいは分かるだろ？」

「イグラス侯爵令嬢～『影の英雄』の婚約を添えて～」

「よぉーし、さっさと捨てて来い！」

侯爵家の人間になんてことを。

そう言いたいところではあるが、相手は『影の英雄』と婚約をしたい下心見え見えの人間。今、フィルが最も歓迎したくないお客さんであった。

故に、致し方ないと言われれば致し方ないのだ。

「っていうか、それでもやっぱり俺が行かんといけないだろ？　ザンを相手にして満足してくれる飼育員さんだったらともかく、可愛いメイドを相手にさせたら向こうさんは鼻の下伸ばしながら怒るよね？」

「あら、こう見えても私は公爵家の人間よ？」

「本当にこう見えてだよな」

公爵家の人間がメイドをしているなど前代未聞である。

「どうせ追い返すだけだし、別に私が行ったところでサレマバート伯爵家に喧嘩を売らせたりなんかしないわ。アポなしでやって来たのは向こうだし、うちに喧嘩の売値を下げられても買う理由なんてないもの」

「なるほどなぁ」

フィルはカルアの言葉に何度も首を振る。

確かに、家督云々は置いておいてアポなしで来たのであればどちらかといえば向こうが先に失礼を働いたことになる。

本人が不在と言われても相手は納得するしかないし、ザンを用意するよりもカルアという使用人……いや、公爵家の人間を相手にさせれば文句を言う理由がなくなってしまう。

そもそも、フィルに下心ありきの婚約など現状求めていない。

もし下心フルオープンの相手を受け入れる諦めがあったとしても、それは先にやって来たリリィに対してのものになる。

どう転がっても、やって来た侯爵家の令嬢の婚約など受け入れることはないのだ。

「で、本音は？」

「フィルに色目を使う女をさっさとファンシーな鳥籠に返したいの」

ということらしい。

「それじゃ、私は行ってくるから。鉢合わせしないように、あなたは私が来るまでここから出ないでね」

そう言い残し、カルアはメイド服を翻して部屋の扉へと向かった。

「危なくなったら呼べよー」

「ふふっ、ありがと」

最後に笑みを浮かべたカルアはそのまま部屋から姿を消した。

その瞬間、部屋が一気に静かになる。相棒がいるかいないかでこうも賑やかさが変わってしまうのだから、カルアの存在は思っていた以上にかなり大きいらしい。

どこか寂しさを覚えてしまったフィルは椅子に座り、適当に書類を引っ張って目を通し始める。

早く仕事を終わらせてカルアを労ってやろう、そんなことを考えながら。

(そういえば、昔は別に寂しいなんて思ったことはなかったかな)

フィルはふと思い出す。

昔といっても、本当に昔の話だ。カルアがやって来るよりも前……フィルがほんの子供の時のこと。

『フィルー！　遊びに来たよー！』

『今日は何して遊ぼっか!?　また街へ出て困っている人を探しに行く!?』

『あー、それ僕のパン！　フィルは自分のあるじゃん、どうして取るのさ!?』

脳裏に浮かんだ昔の光景に、フィルの口元が小さく綻んだ。

（リリィのおかげで久しぶりにアビの話をしたからか？　あんまり感傷に浸らねぇ性格だと思ったんだがなぁ）

引き出しを開け、奥に眠っている一枚の写真を取り出す。

そこには肩を組んで笑みを向けている幼い頃のフィルと……同じように笑顔の一人の少年。どちらも楽しそうで、互いの仲のよさが一目で分かってしまうような姿。

「この時はお前が人形《ヒーロー》になるなんて思わなかったよ。まぁ、分かっていてもお前は人形《ヒーロー》になったんだろうがな」

フィルは満足すると写真を引き出しの中へとしまう。

その時、ノックも聞こえないまま唐突に扉が開いた。

「フィルお兄ちゃん、一緒に遊ぼー！」

可愛らしく、フリルのついた部屋着のままリリィが姿を現し、椅子に座るフィルの下へと駆け寄る。

「イリヤはどうした？　遊び相手を募集しているなら仕事放棄推奨のあいつが真っ先に手を挙げるだろ？」

「イリヤちゃん、眠たいって言って寝てる……」

「寝てなかったのか、あいつ」

どうりで早く起きているなと思ったんだ、と。フィルは朝部屋に現れたイリヤの姿を思い出した。

意外と早起きというわけではなく、眠たくなったら寝るという自由奔放さがなんともフィルと似ていた。

とはいえ、カルアに見つかったら怒られるだろうというのは想像に難くない。

「っていうか、フィルお兄ちゃん」

「ん?」

「なんかいいことでもあった? 頬っぺがゆるゆるだよ」

横にひょこっと顔を出したリリィが首を傾げる。

「あ、あぁ……俺もなんかアビのこと思い出しちゃってさ」

そう言って、フィルは引き出しからもう一度写真を取り出す。

それを見て、リリィは瞳を輝かせた。

「わぁっ! フィルお兄ちゃんもアビお兄ちゃんの写真持ってる!」

「そりゃ、幼なじみだからな。持ってなかったらどんだけ薄情な男なんだって各地からバッシングだ」

「そっか、フィルお兄ちゃんとアビお兄ちゃんは幼なじみなんだっけ?」

懐かしむように、フィルは目を細める。

そして、思い出をゆっくり掘り起こしていくかのように小さな声で口にした。

「あぁ、そうだよ。昔からずっと一緒にいた友人だ――」

回想　～幼なじみ～

アビ・ビクラン。

サレマバート領に住む、ごく普通の平民だ。

フィルとアビの出会いはなんてことのない、ただのバッタリというものであった。

習いごとや勉強が嫌になり、こっそりと街へと飛び出して出会ったのがアビ。迷子になった子供を同時に見つけ、一緒にその子の知り合いを捜してあげたところから始まった。

「お前、名前は？」

「アビ・ビクラン！　君は……って聞かなくてもいいですね。フィル・サレマバート様だっていうのは領民なら知っていますから」

「やめろよ、そんな言葉遣い。せっかく屋敷抜け出してきたのに息苦しくなる」

その日を境に、二人は一気に仲良くなった。

年齢が近い相手とあまり話す機会がなかったフィルにとってはそれ自体が珍しく、楽しく感じてしまうのは必然だったように思える。

一方で、貴族らしくないフィルは親しみ易く、元より社交性が高かったアビにとっては仲良くなるのも時間の問題だった。

そして何より、二人が仲良くなった一番の要因は――

「ねぇ、フィル……あれって」

「俺の領地で暴漢だと……ふざけんじゃねぇよ、まったく。行くぞ、アビ！」

「うんっ！」

二人はよくも悪くも正義感の強い人間であった。

困った人を見かけたら誰彼構わず助けに入る。時に大人を相手にして返り討ちにあったこともあった。

それでも、二人の無邪気な英雄《ヒーロー》は人を助け続けた。

故に、二人の関係もどんどん深くなる。アビの家族と共にご飯を食べたり、フィルの屋敷にアビが遊びに来ると両親が歓迎したりと。

特にフィルの母親であるマリアは大層アビのことを気に入ってしまっていた。

「あぁ～、もうっ！　本当にアビくんは可愛いわぁ～！　息子にほしいわね！」

「ちょ、ちょっとマリア様!?」

「おい、母上……よくもまぁ、息子の前で言えたな。荷物まとめて家出しても止めるなよ？　止めるなよ!?」

「アビくんのご両親に『息子が迷惑かけます』って言った方がいいかしら？」

「家出先を本人無視して決めないでくれますぅ!?　っていうか親なら止めろよ、容認すんなよ!?

そういう教育方針が息子をダメにさせるってザンを見て学べ！」

「あはは……でも、フィルだったら歓迎されそうだなぁ」

――これはフィルがまだ十か十一の頃の話。

そして、この幼なじみとの付き合いは……たったの二年。

二年が経つ頃には、二人の関係は終わっていた。

「フィル……ごめん」

「あ？」

幸か不幸か。

終幕の引き金は、アビが一人で引いてしまった。


「僕、魔術師になった」


王国史上最年少の魔術師の誕生。

見逃すはずもない。

王国は……すぐにアビという魔術師を王家の懐に入れた。

◆◆◆

「――そういえば、リリィとアビはどうやって知り合ったんだ？」

フィルはリリィの頭を撫でながらそんなことを尋ねた。

「王城だよ」

気持ちよさそうに目を細めながら、リリィは口にする。

懐かしむように、リリィも胸元にあったロケットを開けた。

「……皆がね、私を持ち上げるの。大好きだって、慕ってくれてるって。でも、そんな時……アビお兄ちゃんだけは私を私としてちゃんと見てくれた。私が泣いている時、ずっと傍にいてくれたんだ」

「人徳に長けた王女様は小さい頃からでも悩みの種が尽きないな。たまには違う玩具がほしかっただろうに。んで、アビもアビらしいことこの上ないぜ」

「そんなこと言ったら、フィルお兄ちゃんも一緒だよ？　私を私としてちゃんと見てくれてる」

おべっかなんか使わない。敬うことも、慕うことも、信仰することもない。

今の姿を見れば分かるだろう。妹のように、一人のリリィという少女に対して気さくに接している。

貴族としてはこの態度は間違いであることは言わずもがな。

しかし、それがリリィにとっては皮肉なことに辛く……不敬とも取れる態度こそ嬉しいものであった。

「……でも、アビお兄ちゃんは死んじゃった」

嫌なことを思い出したのか、リリィは泣き出しそうな顔へと変わってしまった。

「……そうだな、俺も手紙が届いた時には驚いたよ」

「悲しくなかったの？」

「悲しかったさ……色んな意味で」

頬杖をつき、やりきれない表情を見せる。

「自由になれなかった野郎の末路なんてそんなもんだ。有象無象の英雄《ヒーロー》になったところで馬車馬になるだけだからな。助けを求める声を全部拾っていけば、器が壊れるなんて誰が考えても容易に答えが出る」

「…………」

「それでも民はやめない。もちろん、英雄《ヒーロー》も同じだ。結局、あいつの人生に自由があったのは……なりたいと願っていた英雄《ヒーロー》になる前だったんだからな」

皮肉なものだよ、と。フィルは肩を竦める。

リリィの表情は一向に変わらなかった。

「別に抱え込んだ王家が悪いなんて思っちゃいないから落ち込むな」

「で、でも……」

「アビもそんなこと思っちゃいねぇよ。じゃなかったら、リリィの記憶の中にあるアビが笑ってるわけがねぇ」

フィルは横に座っているリリィの脇を抱えて自分の膝の上へと置いた。

唐突なことに驚くリリィだったが、すぐさま感じた頭の上に乗る温かさに目を細める。

「そう、だよね……うん、アビお兄ちゃんは王城でも楽しそうだった」

「結末は最悪でも、過程に満足してんなら大丈夫だろ」

「うんっ！」

リリィが満面の笑みを浮かべる。

元気が出てきたのだろう。己の中を蠢く罪悪感から解き放たれたような感覚を覚えたのだからそれも仕方ないのかもしれない。

だがフィルは一つ、嘘をついた。


――どうして己が『自由』という理想を追い求めたのか。


そこに、嘘に対しての答えがある。

（……まぁ、言わなくてもいいだろ。綺麗な記憶の方があいつも本望だろうしな）

ふと、窓の外を見る。

青く澄み渡った清々しい空だ。こんな日に辛気臭い話などしても仕方ないだろう。

何せ自分達には終わった話で、もう帰ってくることのない友人との綺麗な思い出なのだから。

「フィル、入るわよ」

ガチャり、と。部屋の扉が開かれる。

「お帰り願ったんだけど、思った以上に粘られ――」

そして、姿を現したカルアがフィル達の姿を視界に捉えた。

すぐさま、カルアの頰が可愛らしくぷっくり膨らむ。

「……じぇらる」

「分かった分かった、あとでお前もしてやるから露骨に嫌な顔をするな。子供の教育に悪いぞ、リリィが覚えちゃったら屋敷の人間は腰抜かして営業終了の札を立てるぞ」

「私は子供じゃないよ!?」

心地のいい一日の一幕に、フィルは思わず笑みを浮かべた。

王女が故の苦悩

「私、持つよ！」

「い、いえっ……王女殿下に運ばせるわけには……」

「いいのいいの！　私、住まわせてもらってるもん！　お手伝いさせて！」

などと、それからまたしばらく経った日にそんなやり取りが屋敷で行われた。

使用人が運んでいた花の入った籠を渡してもらおうと笑顔で手を広げるリリィ。戸惑いこそ見せたものの、リリィの優しさに負けてしまった使用人は苦笑しながら籠を渡す。

気遣いが嬉しかったのだろう、苦笑いも徐々に微笑ましいものへと変わっていき、二人仲良く廊下を歩いていく。

使用人だろうが誰だろうが関係ない。リリィの優しさが窺える瞬間であった。

そんな様子を、フィルとカルアは物陰からこっそり眺めていた。

「あらやだ涙が……あの子、あんなに成長しちゃって」

「その発言は気をつけなさい。国王様に聞かれたら首に刃物が刺さるわよ」

「ナメクジだって切ってもしばらく動くそうだ。同じ生き物だし可能性はあると思うから粘って頑張らせて」

「珍百景を見に行っても、これほど目に入れても痛くないを体現したシスコンは中々お目にかかれないわね」

カルアがひっそりと涙を浮かべるフィルの横腹を小突く。

仕方ないだろ、と。フィルはカルアに物申した。

そもそも、どうして二人はこっそりリリィのことを見ているのか？

それは――

「……なぁ、今のところ『フィル様大好き結婚してー！』なハートマークどころか話すら全然ないんだけど、そこんとこどう思う？　お腹は黒じゃなくて白いお肌ちゃんの認識でおけ？」

「元から誰もハートマークなんて飛んでないでしょ。あるなら羽を生やした金貨だけよ。まぁ、リリィ様の頭の上を飛んでいる様子はないけど」

「そうだよなぁ」

あれから約二週間。

王族であるリリィが「婚約してほしい」と言い出して滞在する日々が続いていたのだが、特段何もそれらしい話も出来事もなかった。

初めこそ「面倒事の予感だぜべいべー」などと危惧していたものの、なんてことのない平和な毎日が送れている。

最終的には諦めないと言った割には拍子抜けな現状に、フィル達は逆に不信感を覚えてしまっているのだ。

あれ、普通に遊びに来ただけみたいじゃんこれ、と。

「忘れちゃってるっていう微笑ましいエピソードを添えてくれるなら俺達も心を溶かす温かい目を向けるんだが……」

「あの様子を見ていると心が凍っている感じはないわね。毛布も暖炉も必要なさそうよ」

「そうは言ってるが、あの時訳あり感半端なかったぞ？　あからさまに面倒事の伏線張ってただろ」

「だったらいつ回収されるの？」

「回収しに行っていいかも分かんねぇしなぁ」

触れてほしくないことなど誰しも一つや二つはあるものだ。

その触れてほしくないものを阻んでいるのは自分だという自覚はある。何かあれば力になってやりたいとは思うが、理想を壊してまではご免。そのような状態で手を差し伸べようとするのはお門違いもいいところだ。

気にしていないのならそれにこしたことはない。

故に、フィルはフラグ回収がされないように傍観に徹するのみだ。

「あ、こんなところにいやがったんですね」

物陰からこっそり覗いている二人に、後ろから現れたイリヤが声をかけてきた。

「どうした、イリヤ？　綺麗なお花でも摘みに行くのか？」

「あなたもそろそろ一人で行けるようになりなさい、いい歳なんだから」

「まぁ、まだいいじゃねぇか。ドジっ子属性があった方が市場を見る限りマスコットとしての需要が高そうだぞ？」

「その需要に喜ぶのは頭にハートを浮かべた一部だけでしょ」

「誰もこんな真っ昼間に怖いからついて来てほしいなんて言ってないですよ!?」

声をかける＝お手洗いという構図が勝手に生まれるのだから、二人の中でイリヤがどのようなポジションにいるのかが容易に想像がついてしまう。

「暇だったら、二人共私と戦いやがれ！」

だが、そんな扱いにもめげずにイリヤは二人に向かってビシッと指を差した。

何故か気合い充分。鼻息を荒くさせるほど瞳に炎が燃えている。

「夕日の下《もと》で行われる青春ストーリーにちょうどいい宣戦布告におっかなびっくりだ。今までそんなに酷い待遇はしていなかったはずなんだが……やっぱりメイド服にフリルが必要だったか？」

「あなたが甘やかしすぎるから牙向けちゃうのよ。フリルより王道がいいってちゃんと躾しないとダメね」

「メイド服のことなんかどうでもいいんですが!?　それよりも、リリィに『フィルお兄ちゃんの方が強いもん！』って言われたのが腹立つんです！」

「俺の知らないところで勝手に巻き込まれる動機が整っていた、だと……ッ!?」

なんで皆して俺を巻き込むの？　フィルは世の人気者としてがっくりと膝をついた。

だが、イリヤは膝をつこうがひっそりと涙を流そうがお構いなしにフィルの腕を摑んで立ち上がらせる。

「いいから戦いましょうよー！　確かにあの『影の英雄』と戦ってみたい気持ちはあるんですからー！」

「嫌だよ、変に戦ったら周囲に俺が『影の英雄』だってバレちゃうじゃん!?　最近はプライバシーさんが独り歩きして詩なんか歌ってるから各種方面からファンレターが届くんだぞ!?」

「もうバレてるんだからいいじゃないですかー！」

「よくねぇよ!?」

今日のイリヤは駄々っ子のようだ。首を振ってフィルが「やる」と言うまで腕を離してくれる気配がない。

フィルは首を揺すられながら少し考える。

面倒くさいことこの上なく、場所次第では領民に見つかって今度こそ言い訳ができない状況に陥ってしまう可能性があった。

かといって、このままイリヤを放置するのは危険な気がしなくもない。

何せ、イリヤは魔術師。ちょっとした癇癪《かんしゃく》を起こして周りを巻き込んでしまえば大惨事だ。

「(この前ガス抜きちゃんとさせたんだけど……あれなの？　飴ちゃんじゃなくて綿菓子あげた方がよかった的な？)」

「(リリィ様のおかげでガスが溜まったみたいね。このままじゃ何かの拍子で引火しそう)」

アイコンタクトでカルアに愚痴るが、彼女も同じような気持ちを抱いていたようだ。

もし不満が爆発しても抑え込む自信はあるが、そうならないに越したことはない。

フィルは大きくため息を吐くと、仕方ないといった様子で足を進めた。

「はぁ……分かったよ。やってやるからせめてプライバシーさんが出張してる勤務地でやるぞ。屋敷の中でなんて絶対嫌だからな？　最近は小遣いが足りないんだ、修繕費なんて払ってたまるか」

「分かりました！」

「ってことは、私もやるのね……」

イリヤは喜び、カルアはフィルと同じようにため息をついて後ろを追いかけてくる。

途中、すれ違った使用人に「出掛けるからリリィのことは頼む」と言い、一台馬車を適当に用意した。

「ザンに出会わないといいわね、リリィ様」

「大丈夫、子豚は現在遊んでくれる女の子を探しに街へ出掛けたそうだ」

「そろそろ教育方針を見直したらどうです？」

「豚に合った教育方針って何かしらね？」

フィルはカルア達の言葉に何も言えなかった。

◆　◆　◆

馬車に乗って移動したフィル達はサレマバート領から少し離れた山の中へと訪れていた。

片道二時間弱。木々が生い茂り、登山感覚で足を踏み入れなければならないほど少ししか整備されておらず、鳥の囀《さえず》りが木霊する静かな場所である。

山頂付近に登ると、そこは意外にも開けた場所であった。近くには洞窟のような入り口があり、蔦が周囲を覆っている。それだけでどれほどここに人が足を運んでいないかが分かった。

「よくこんな場所知ってたわね」

「昔はここでよく遊んだんだよ。それに、魔術師に成りたての時はここで練習していた」

「まぁ、ここなら誰の目も気にすることはなさそうですね。大きな音を出しても街の人には聞こえなさそうです」

「ちなみに、あそこの洞穴って意外と中は広いんだぜ？　昔誰かが掘ったんだろうが、ちょっとした秘密基地みたいになってる。人も来ないし、家出にはピッタリだ」

カルア、イリヤ、フィルがそれぞれ均等に距離を取る。

吹く風がカルアとイリヤの髪を靡かせ、二人がそれぞれ同時に髪を押さえた。

「成り行きで私も参加することになっちゃったけど、なんだかんだフィルと手合わせするのは久しぶりよね？」

「そうだなぁ……いつぶりかは置いておいて、全勝していた記憶はあるぞ！　へいへい、そんな俺に勝てる見込みはあるのかアンサー!?」

「腹が立ったから一発潰した状態でスタートしてもいいかしら？」

「あっはっはー！　どこの部位であっても相当なハンデを背負いそうですごめんなさい」

手合わせが終わっても確実に影響が出そうなハンデであった。

「せっかくやるんですし、何か罰ゲームでもしましょう！　最後まで残っていた人間が最初に倒れた人間になんでも命令ができるって感じで！」

「また罰ゲームか？　俺、あのあと膝が痺れてしばらく生まれたての小鹿にジョブチェンジしたんだけど？　今度は生まれたての小馬になっちゃうよ」

「いいじゃないですか、このままだとギャラリーもいないですし盛り上がりに欠けます。本気でやって勝たないと私はリリィの言葉を撤回させられないのです！」

「なら私関係ないじゃない。服が汚れるからしたくないんだけど」

「見ててください、フィル・サレマバート。あの女の顔面に飛び膝蹴りしてやりますから！」

「おい、待てなんで俺に向かって言った？　直接本人に言えよ近いだろ」

ビクッ！　と、イリヤが肩を跳ねさせる。

そんなに怖いのならカルアと戦わなければいいのに。そう思ったが、それはイリヤ的には死活問題であり、プライドが許さないのだろう。

いつまでも負けっぱなしというのは魔術師の沽券に関わる。

魔術師同士の戦いでの敗北は己の理想が相手より劣ってしまったということの証左。沽券と同時に、自分の理想ですら傷がつく。

「まぁ、いい……さっさと始めるぞ。もちろん、命のやり取りはなしの範疇でだ」

「予《あらかじ》め言っておくわ、手加減なんてしないから……添い寝のために」

「……あの女、さり気なく要求を口にしましたよ。どんだけラブなんですか、いつか全年齢を超えないか心配です」

三者それぞれが構える。

フィルの刻み名は『誰にも縛られない自由を』。

カルアの刻み名は『いついかなる時でも望む相手と寄り添えるための力を』。

イリヤの刻み名は『あの大空に届かせるための手段を』。

魔術師同士の戦いは、互いの理想を追い求め、研究した成果を発表する研究会みたいなものだ。

腕っ節が強いとかではない。どれだけ理想に付随したテーマを研究し、深掘りできたかどうか。

誰が一番己の理想に近いかを示す場でもある。

故に、三人はちょっとした手合わせでも手を抜くつもりは毛頭もなかった。

そして、誰かが明確な合図も送らないまま……同時に三人が動く。

カルアは『寄り添い』の魔術を使ってその場を離れ。

イリヤは重力で己の体を上へ落とし。

フィルはこの場全体に影の波を発生させた。

(まぁ、カルアは予想通り……何せ、一歩でも影に足を踏み入れればゲームセットだ)

『縛り』の魔術で発生した影は全てがフィルの生み出した空間の窓口になり得る。

そのため足を踏み入れた瞬間に沈み、縛りの空間へと強制的な送還が始まってしまう。

聖女であるキラが影の沼を走れたのは影の沼に対してそれ以上の力を自動的に底上げされたためであり、本来誰であっても沈まないことはない。

カルアは絶えず動き続けることによって己の速度が上がり、上がれば上がるほど比例して力が上昇する。初動の一歩二歩ぐらいであれば影の力を上回り歩けるが、そのためそこまでしか許されない速度を破る必要がある。

故に、踏み込むための速度の確保、及び自分の領域を広げたフィルから距離を取るのが最善手。

だからこそ、この場から離れたのは予想通りであった。

「こらこら、そんなところにいたらパンツ見えちゃうぞー？」

「んにゃ!?」

空に逃げたイリヤが慌てて服を押さえる。

イリヤは飛ぶ……というより、浮いているといった表現が正しいだろうか？　動く度にゆっくりと同じ速さで移動し、上下関係なく姿を晒している。

「へ、変態ですっ！」

「しかし、黒って意外と見た目に反して色っぽ――」

「命さえ取らなきゃいいんですよね？　記憶失くすほど脳みそ潰してやりますよ！」

「それは守ろうとするルール無視して俺死ぬぞ!?」

顔を目一杯赤らめながらおっかないことを口にするイリヤ。

相当黒パンツ拝見にご立腹らしい。

フィルは思わず驚いたあと、少し苦笑いを浮かべた。

(重力ってことは、周囲を無重力にして体を浮かせたって感じか？　随分とロマンがある魔術じゃないか)

フィルが影からいくつもの手をイリヤに向けて伸ばす。

まず先に相手にするのはイリヤだ。

何せ、カルアは目で追えないぐらいの速さで周囲を移動している。いくら狙いを定めて腕を伸ばしたところで当たるはずもなし。

だが、それはイリヤとて同じ。

腕がイリヤの近くまで伸びた瞬間、勢いよく地面へと叩きつけられた。

「届かねぇですよ、そんな陳腐な攻撃は！　女の子をエスコートするならもっと力強くじゃないと！」

イリヤが腕を振り下ろす。

その瞬間、フィルの体が一気に地面へと――

「はぁ!?」

鈍い音が響くかと思いきや、そのまま地面へと沈んでしまった。

そして、すぐさま別の場所から顔を出す。

「おいこら、寝違えたらどうする!?　首が曲がりそうだったぞお前!?」

「寝違えたことに気づかないよう一生地面に寝てやがれです！」

イリヤは腕を振るうことで重力をフィルへと叩きつけた。

だが、それでも先程と同じように地面へと沈んでいくだけ。またすぐに別の場所から顔を出す。

――――やられっぱなしなど性にあわない。

フィルは伸ばした影全体から腕を生やし、イリヤに向けることなく上空へと飛ばした。

叩き落とされるなら、叩き落とされることを想定して振り落とせばいい。上げた腕は角度を変えて今度こそイリヤ目掛けて降り注ぐ。

しかし、今度は腕が澄み切った青空へと飛ばされていった。

(なるほど、下だけじゃなくて上にも重力の向きを変えられるのか……対面すると普通に面倒だな)

フィルはその様子を眺めながら考え込む。

空に浮くイリヤも、周囲に重力の壁を形成しながら同じように考え込んでいた。

(さて、どうやってフィル・サレマバートを倒しましょうか……叩きつけるだけじゃ倒せないのは二度の攻撃で証明されちゃいましたし)

いや、それよりも。

考えるべきことはそこではない。

(いつあの女が来るかですかねぇ)

（いつカルアが現れるかだな）

今は必然的にイリヤとフィルの相対で手合わせが始まっている。

だが、時間が経てば経つほどこの場で力を持つようになるのはカルアだ。南北戦争でやられたように、重力の壁を無視した攻撃を離れた場所から一気に叩き込まれるかもしれない。沼の強制力を無視して自分の体に届いてくるかもしれない。

だからこそ、二人の方針は変わらなかった。

（目の前の相手を攻撃しながら）

（カルアに対しての警戒を怠らない）

フィルは自分中心に幾百もの腕を生み出し、そのまま上空へと伸ばした。それと同時にイリヤがすぐさまフィルがいた場所に重力場を形成する。

しかし、それは下ではなく上に向かって。フィルが伸ばした腕をアシストするような形であった。

叩きつけられないのなら影に逃げ込まれないよう上に放ればいい。そしたら四方から押し潰すように重力を作れば意識は容易に狩り取れる。

――――上空へと放られたフィルが腕の中から姿を見せる。

「さぁさぁ、サンドイッチの具材にしてやりますよ！　もちろんミンチですが！」

容易に圧死させられる重力が四方からフィルを襲う。先程のように地面へと潜ることはできない。

イリヤは、逃げ場などどこにもない、観念しやがれ――――そう、思っていた。

しかし押し潰される直前、フィルが伸ばした腕の一つへと姿を隠した。

「ちくしょう！　腕も入り口ですか気持ち悪い！」

対象を失った重力はただただ影の腕を潰すだけ。影は質量を持たない映像のようなものだ。潰したところで何が残るわけでもない。

——その時だった。

「随分と私のいないところでフィルとイチャイチャしてるじゃない」

イリヤの眼前にカルアの姿が現れた。

恐らく、上昇した速さのまま地を蹴って上空まで飛んできたのだろう。そう考えるまでに、カルアの蹴りがイリヤの鳩尾へと炸裂した。

重力の壁によってある程度威力を殺されているとはいえ、速さによって上乗せされた力は並大抵ではない。

しかし、口から血を零しながらイリヤはふと小さく口元を綻ばせる。

「同じ、轍《てつ》は踏みませんよ……ッ！」

イリヤの体が蹴られた方向へと飛んでいく。その勢いは衰えることはなかった。

当たり前だ。イリヤは常に無重力を重力の壁の内に生み出している。そのため、蹴られた威力も壁を失ったことである程度受け流すことが可能であり、イリヤはなんとか最大の一撃を受けても意識を保つことができた。

「これでクソ女も勢いが消えました！　同じ土俵に上がって来られればこっちのもんです！」

「チッ！」

カルアの想定は、地にフィルがいなくなったタイミングでイリヤを一撃で屠り、フィルが現れる前にもう一度動いて速さを生み出し、更にフィルを一撃で屠るというヒットアンドアウェイであった。

しかし、一撃で倒せない場合は最悪の状況になるのは言わずもがな。

何せ、カルアは常に己の体を動かすことによって自動的に速さを上げている。そのため、空中で体を動かすことなど難しく、同じような速さを確保することができない。

加えて、ここはイリヤの土俵だ。

上空戦で追い込まれるのは火を見るより明らか。

(まずは一度攻撃を食らってなんとしてでも地面に戻る！　私の魔術は肉体の強化も含まれているから耐えられるはず！)

(さて、あの女の魔術がどんなものか知りませんが、思い切り地面へ叩きつけてやりますよ！　ここでリベンジとリタイア総出でもらいます！)

二人の意識が互いに向けられる。

攻撃に備え受け身の体勢を取るカルアと、笑みを浮かべて腕を振り上げるイリヤ。

そこへ——

「ありがとう、お前らが潰し合ったおかげで随分楽だったよ」

どこからともなく、フィルの声が聞こえてくる。

その瞬間、イリヤとカルアの体に黒い鎖のようなものが巻かれてしまった。

「カルアは速さを上げられない上空へと来てくれた。イリヤの鬱陶しい重力の壁も消えてくれた。そうなれば、俺の影だって届くわけだ」

「「ッッ！！？？」」

その声の在り処が、上空だと気づいた二人が顔を向ける。

黒い球体に座るような形で見下ろしてくるフィル。彼の顔には、獰猛な笑みが浮かんでいた。

「さぁ、いっちょ俺と同じ世界に行こうか。愉快で楽しい自由な場所じゃないが、ちょっとぐらいは我慢してくれよ？」

鎖は徐々に面積を広げていき、両者の体を覆い尽くす。

全体を覆った頃には――――二人の体は綺麗さっぱり上空から消えていた。

◆◆◆

「……最悪です、今回こそこの女に勝てると思ったのに。そんで引き出しの中に『ざまぁみろ！』って書いた紙を置こうと思ってたのに！」

「怖いならするなよ、犯人特定が容易だぞ？　恐らく被害に遭った一ページ目で名探偵がすっ飛んでくる」

「……添い寝」

「お前は男との添い寝がダメになって落ち込むほどショックだったのか!?」

それから、三人は再び馬車に乗り込んで屋敷へと戻ってきていた。

結局、イリヤの我儘から始まった手合わせはフィルの独り勝ちで幕を下ろした。何せ、縛りの空間に閉じ込められてしまえば二人の力では脱出することは不可能。

あからさまな漁夫の利ではあったが、戦いというのはそういうものだ。カルアがイリヤを狙ってきた時点でフィルが得するような結果になるのは明白だった。

イリヤが持ちかけた罰ゲームは、イリヤとカルアが同時に戦闘不能となったためフィルが二人に命令するという形に落ち着く。

廊下を歩いている最中、落ち込んでいるカルアに向かってキラキラしたお目々を向けた。

「っていうわけでカルアさん? わたくしめが勝ったのでキャッキャキャウフフとお姉さん達にちょっとお布施を配りに行くご許可を――」

ずぷり☆

「目がアアアアアアアアアアアアアアアアアアアアアアッッッ!!!???」

「行きたいなんて言ったら目を潰すわよ」

「それは潰す前に言うセリフじゃないですか?」

床でのた打ち回るフィルを見てイリヤがツッコミを入れる。

言動の食い違いが激しい乙女だなと、イリヤはとても他人事のように思った。

「さ、最近行ってないんだよ……本当に、行ってないんだよぉ！」

「行かせてやったらどうです？　こんな切実そうに拳を握り締めて競技大会の選抜落ちましたみたいな空気を出されたら惨めと恥ずかしいを超えて可哀想です」

「……私がいるもん」

「それを大きな声で言いやがれってんですよ、面倒臭い女ですね」

この主従は本当に面倒臭い。板挟みになっているイリヤは自分が可哀想だなと感じる。

加えて、これが自分を負かした女と『影の英雄』と呼ばれるヒーローなのだから、変な世の中になったものだなと同時に思ってしまった。

「フィル様、申し訳ございません」

そんな時、三人の前に一人の使用人が廊下の奥から早足で現れる。

「すまん、急ぎじゃないなら待ってくれ……涙でスカートの中身も見られない状況なんだ」

「いえ、それが少々急ぎの用件でして」

「わ、分かった……この状態でよければ話を聞こう」

「傍から見たらダサい構図ね。お尻を突き出して床に両手で覆った顔をつけるなんて今時のコメディアンでもしないわよ」

「今、結構情けない絵面になってますよ、フィル・サレマバート。それこそメディア映えなんかしないです」

容赦ない言葉を浴びせられるが、本当に目が痛いのだ勘弁願いたい。

「ニコラ・ライラック第二王女がお見えになっております」

「……マジで？　いつからうちの屋敷は大物芸能人がよく足を運ぶ老舗の料理店になったわけ？」

「どうやら、リリィ様にお会いになりたかったようで……」

なるほど、と。フィルだけでなくカルアも理解する。

前回来訪された際は『パーティーへの招待』という名目であった。

といっても、あの時はフィルが手紙を無視したからこそニコラが直々に来たのであって、本来であれば王族がわざわざ伯爵家の人間に会いに来ることなどない。

リリィのように婚約の話をしたかったのであれば理解できるが、王族が二人も同じ人間に対して婚約を申し込むなどあり得なく、目的が不明であった。

しかし、リリィに会いに来たとなれば話は別だ。

心配で訪ねた、などといった理由であれば来訪する目的として充分に考えられ納得もできる話であった。

「二人は今どこにいる？」

「応接室にいらっしゃいます」

「分かった、すぐ行く」

フィルは目元を拭うと、すぐさま立ち上がり廊下の先を進み始める。

王族が来るなど面倒この上ない。ミリスでもいれば今すぐ言い訳を並べて聖女の接待を始めていたのだが、今回は否が応でもすぐに向かわなければならなかった。

何せ、リリィとニコラがすでにフィルのいないところで会っているのだから。

「……リリィ、変なこと言ってないだろうな？　まだニコラ様は俺が遊び人のクソニートって思ってるのに」

「よかったわね、心配ならいらないわよ」

「本当か!?」

「とっくの昔にバレているし」

「嘘だと言ってくれ！」

現実が中々認められないフィルの横をカルアが並ぶ。イリヤも暇だからなのか、その後ろをついてきた。

応接室がある場所は、客をすぐに案内できるよう一階の玄関付近だ。

せっかく上った階段を下り、少し歩いてすぐさま応接室に着くと、扉を何回かノックした。

中から「どうぞ」という声が聞えてくる。

「き、緊張で胃もたれしそうだぜ。やっぱりリリィは変なこと言ってないと思うんだよ、うん。だから回れ右してもニコラ様は怒らないんじゃや――」

「ほら、胃薬」

「水もあるですよ」

「うちのメイドが優秀すぎて流したばかりの涙が隠し切れません……ッ！」

中にはニコラがいる。腹を平気で探ってくるような油断できない相手だ。

会いたくなくても回れ右させてくれないメイド達が恨めしい。

フィルは大きく深呼吸をすると、ゆっくりと扉を開いた。

そして――

「フィルお兄ちゃんっ！」

途端にリリィがフィルの腰へと抱き着いてきた。

「ど、どうしたリリィ？　甘えるのはいいが、少しギャラリーが多いような気も……って」

突然のことに驚くフィルであったが、軽口を叩く前にリリィが背中に隠れるように回り込み始める。

一体どういう状況だ？　そんなことを思っていると、部屋で座っていたニコラがゆっくりと立ち上がった。

「突然のご訪問失礼いたしました、フィル様」

相変わらず美しい人だ。

端麗で美しい顔立ち、身から溢れるお淑やかかつ気品ある雰囲気。サイドに纏《まと》めた桃色の髪が小さく揺れ、窓から差し込む木漏れ日を受けて輝いているように見える。

遺伝子というのは恐ろしい。リリィ然《しか》り、ニコラ然り。どういう血筋を組み合わせればこのように見た目麗しく可愛らしい女の子が一家に生まれるのだろうか？

思わず少し見惚れていると、頬を膨らませたカルアが肘でつついてアイコンタクトを飛ばしてくる。

「(……じぇらる)」

「(それ、カルアの中でのマイブーム？　あざと可愛さ急上昇してるけど、アイドルのセンターでも狙ってるわけ？)」

単純に嫉妬しているだけのカルアにフィルは「はいはい、すみませんでした」と肩を竦める。

どうやら相棒は少し見惚れるだけでも許してくれないらしい。

(お前も充分見惚れるぐらい綺麗だろうに)

絶対に本人には言わないけど、と。拗ねたカルアの頭を少しだけ撫でてニコラに向き直る。

「相変わらずお二人は仲がよろしいですね。視聴者でも妬いてしまいそうです」

「お恥ずかしいところを。しかし、突然の来訪はどのようなご用件で？　とはいえ、あらかた予想はしているのですが」

「端的に申し上げると、勝手に城を抜け出したリリィを連れ戻しに来ました」

まさか勝手に飛び出して来ていたとは。

フィルは背中に隠れるリリィの方を見る。

「黙って来たのかよ、リリィ」

「うっ……」

バツが悪そうに目を逸らすリリィ。

この反応を見る限り、どうやら本当のことみたいだ。

「居場所は『フィル・サレマバート様のところへ行く』と書置きがありましたので分かったのです

が……」

「ご丁寧な家出ですね、リリィ」

「だ、だって……そうしないと皆が心配しちゃうから」

「お姉ちゃんは心配していたみたいですが？」

イリヤの言葉を受けても、リリィは顔を逸らし続けた。

心配されているのは理解している。それでも頑なに何かを譲りたくないという意志を感じる。

「（これは面倒事に片足突っ込んだか？　フラグ回収をするほど走り回っていたわけじゃないんだが……）」

「（自動的に回収されるフラグのようね。まぁ、リリィ様がやって来た時点でいつかは回収しなきゃいけないフラグなんでしょうけど）」

「（なんとなくそんな気はしてるよ。まったく……王族のフラグをいち貴族に回収させるって世界は俺に何を期待しているんだ？）」

「（華やかな未来じゃない？　それかお茶の間の爆笑か）」

「（まさか世界はザンじゃなくて俺にコメディアンの要素を見出したのか？　やめてくれよ、本来自由な俺こそお茶の間側だぞ）」

といっても、完全に巻き込まれるかどうかはこのあとの展開次第だろう。

それでも自由な生活から遠くなりそうな予感がして、フィルは少し辟易としてしまった。

「本当はもっと早くお伺いする予定だったのですが、外せない用が続いてしまいこのようなタイミングになってしまいました。幸い、リリィの書置きが正しかったのはカルアのおかげで証明されていましたので、とりあえずは安心していたのですが」

「なんかしてたのか？」

「一応ニコラに報告していたのよ。念には念をって感じで」

リリィの用件は理解しているとはいえ、あのような年頃の子供……というより、王族が公認でやって来たのか？　それが少し不安だったカルアは、リリィがやって来た直後にニコラへ報告の手紙を送っていたのだ。

もし勝手な家出だった場合、住まわせたサレマバート家に何かしらの責任が生まれるかもしれない。

嘘は言っていないように思えたが、本当に念には念を入れたというわけだ。

「本当にこの度はうちのリリィがお騒がせしました」

「いえ、そんなことは……」

頭を下げたニコラにフィルは若干の戸惑いを覚える。

そして、ニコラは頭を上げるとすぐに背中に隠れているリリィへと視線を向けた。

「さぁ、帰りますよ、リリィ」

「いやっ！」

リリィが明らかな拒絶を見せる。

服を摑んでいる力は強くなり、視線を合わせないようにとフィルの背中へと顔を埋めた。

「あまり我儘を言うとフィル様にご迷惑がかかってしまいます。意固地にならないで、一緒に帰りましょう？」

「いやっ！　私、帰らない！　フィルお兄ちゃんと結婚するんだもん！」

「リリィ……」

困ったようにニコラが表情を変える。

いつも腹のうちを見せないニコラにしては珍しい表情だ。

悠々と、常に余裕のある顔を見せていたとフィルは記憶していたのだが、今のニコラからは「どう対応すればいいか」という悩みが窺える。

それは相手が家族だからだろう。

今のニコラは正《まさ》しく姉のように映った。

「リリィはまだ無理して婚約などしなくてもいいのですよ？　王家のためにと考えるのは今は私とお姉様だけで充分です。それに、滞在しているということはフィル様から断られたのでしょう？」

諭すように、ニコラが優しく口にする。

だが――

「私だって王族だもんっ！」

感情の糸が切れてしまったかのようにリリィが叫ぶ。

おどおどしていて、いつも笑顔を浮かべてばかりのリリィが初めて聞かせるような声であった。

「なんでそんな『気にしないでいい』って反応するの!?　ニコラお姉ちゃんも、皆も、なんで私に何も期待してくれないの!?」

「そ、そんなことは……」

「ニコラお姉ちゃんやサクヤお姉ちゃんみたいに役に立ってないけど……なんにもできてないけど、私だって国の役に立つことができるもん！」

リリィが必死に叫んでいることで、フィルはようやくことの事情について理解する。

――劣等感。

優秀な姉達と比べて、自分の無力さを痛感させられているのだ。

それ故に、行動に移したかった。移して、自分だって役に立てるのだと証明したかった。

（誰かに対してじゃなくて、自分に対して証明したいんだろうな……）

周囲は「気にするな」とニコラと同じようなことを口にするだろう。

だが、それは受け手にとっては「必要としていない」とも取れる言葉だ。

リリィはそれが嫌で、そんな環境が劣等感を生み出してしまったのだ。

自分は王族。でも第一王女のように『武』に長けているわけではない。先の戦争で功績を挙げたことなどない。

第二王女のように『知力』に長けているわけではない。先の戦争で多大な国益を机上で生み出したわけではない。

――じゃあ、自分は？　何もしていないじゃないか。

そこで考えた。『影の英雄』と婚約すれば国に利益をもたらすことができる、と。

（王国の貴族とはいえ、王家と直接関わりなんてない。大衆のアイドル化した『影の英雄』ともっと強固な関係にしたいと思っているのはどこぞの貴族と一緒で容易に想像がつく。だから、リリィは俺と婚約を結ぼうとした）

成功すれば確かに功績としては充分だ。

王家としても喜ばしいことはないだろう。あの『影の英雄』と婚約できたのだから。

ただ――

（あの様子じゃ、ニコラ様はリリィに婚約は早いって思ってるな。俺が婚約したくないっていうのも理解している。それに……まぁ、単純にリリィが心配なんだろ）

貴族に生まれてきた以上、純粋な恋愛での結婚というのは難しい。

家督やらしがらみ、背後に並んだ利益と欲がどうしてもチラついてしまう。

何せ、結婚というのは貴族社会にとっては大きなカードだ。どう切るかによってもたらされる恩恵が変わってくる。

だけど、ニコラの様子を見る限りリリィの身を案じているようだ。

純粋な恋愛はできないかもしれないが、できる限りリリィの幸せに繋がるような相手にしたい。

そう考えると、今の年齢では明らかに時期尚早すぎる。

「ニコラお姉ちゃんはなんにも分かってないっ！　私はもうこれ以上お飾りなんて嫌なの！」

「ちょ、リリィ!?」

フィルが考え込んでいると、リリィが背を向けて勢いよく飛び出していってしまった。

突然の行動に蚊帳の外で聞いていたイリヤが驚き、すぐさまリリィのあとを追っていく。

「……心配だから、一応私も追いかけるわね」

「……頼む」

カルアは小さくフィルに耳打ちをすると、二人のあとを追うように部屋を出て行った。

先程までの騒がしさとは打って変わって、残された空間には静寂が広がる。

「申し訳ございません、フィル様……」

「気にしないでください」

どうぞ、と。ニコラに座るように促す。

するとニコラは小さく会釈だけをして、フィルが腰を下ろしたタイミングに合わせて自分もソファーへ座った。

「あの二人がついて行ったんでとりあえずは大丈夫でしょう。流石に今は俺が行く場面じゃないでしょうから」

フィルは婚約話を断りリリィの目的を阻害している立場だ。

いくら仲良くなったとはいえ、この場面で慰めに行くのはお門違いだろう。

「……あの子にしては珍しく、フィル様には懐いていましたね」

「珍しいでしょうか？　イリヤ……あの小さなメイドは友人って呼べるほど仲良くなりましたが」

「いいえ、本当に珍しいです。あの子は自分が『人に好かれる』ことをよく理解していましたから」

ニコラが用意されていた紅茶に口をつける。

「理解していたからこそ、あの子はそれに価値がないと思っています。人は自分を見てくれないと、自分の心は目に見えるものではないから、と」

以前、リリィが言っていた言葉を思い出す。


——アビお兄ちゃんと一緒で、私を私と見てくれる。


フィル自身そんな大層なことではないと思っているのだが、本人にとっては大層なことなのだろう。

人に好かれるというものは目に見えない。見えないからこそ価値は生まれず、すぐさま変わってしまう危険性がある。

それを理解しているからこそ、自分をリリィ・ライラックとして見てくれない人には懐かないし、本当の意味で気を許さない。

イリヤが仲良くなったのも歳が近く、ある意味生意気で不遜な性格であったから故なのだろう。

イリヤは魔術師。他者より優れているという自覚が強い。

そのため、リリィを王族としては見ず、ただ他の人間と同じように思っている。

それがリリィとの距離を詰める要因となったのだと推測できた。

「そんなことはないって、教えてあげたいです」

「…………」

「申し訳ございません、フィル様にはご迷惑をおかけして……」

妹のこととなると、こうも弱く見えてしまうものなのだろうか？

以前来た時の姿と思わず比べてしまう。

だからからか――

「心配しないでください」

「え……？」

「リリィのことは、俺もできる限り協力します」

フィルも一口紅茶を啜る。

「リリィがニコラ様達と距離を置きたいっていうのであれば、何日でも滞在してもらって構いません。あいつが一人で折れないように、俺もカルア達も傍で支えます。婚約を断ったのは俺ですし、それぐらいの責任は持ちます」

それに、と。フィルは小さく笑みを浮かべた。

「こんなに心配してくれてるお姉ちゃんがいるんだ、リリィもいつか気づいてくれますよ。それが家族ってものですから」

それまでの手伝いだったらいくらでもしてやる。

リリィは妹のように可愛い存在だ。その子が前を向けるように滞在の延長でも傍に寄り添うことですらなんでもやってやる。

そんな一言に、ニコラは思わず呆けてしまう。

しかし、それも少しだけ。すぐに小さく口元を綻ばせた。

「相変わらず、お優しい人ですね……」

「相変わらずと言うほどニコラ様との懐かしい記憶はなかったように思いますが？」

「ふふっ、そんなことはありませんよ。とは言っても、一度だけですが」

ニコラは懐かしむように瞳を細めた。

「昔、とある迷子になった小さな女の子をある二人の少年が助けてくれました」

「何を――」

「その少年と少女がこうして再び顔を合わせることになったのですから、不思議なものですね」

笑みを浮かべたまま、ニコラは立ち上がる。

なんの話をしているのだろうか？　フィルは首を傾げるが、すぐさまその答えはニコラの口から発せられた。

「もっとも、アビ様がいなければ懐かしの対面も寂しいものでしかありませんが」

「はぁ!?　ニ、ニコラ様……それって!?」

「リリィのこと、どうかよろしくお願いいたします」

そう言って、ニコラはもう一度頭を下げて部屋を出て行ってしまった。

フィルの制止は届くことはない。大勢のいた空間に、フィルは一人取り残される。

伸ばした腕をしまい、フィルは思わず天井を仰いだ。

「……あの時の子がニコラ様だったってか？　俺が『影の英雄』になる前じゃねぇか」

以前に出会った時、確かに「助けられたことがある」と口にしていた。

だが、フィルが『影の英雄』として活動していた時ではなく、無邪気な英雄《ヒーロー》ごっこをしていた時。

しかも――

「リリィ然り、ニコラ然り……お前は王族に縁がありすぎじゃねぇか、アビ？」

その言葉に誰も反応しない。

ただただ、静寂の広がった部屋に独り言が響いた。

◆◆◆

ニコラがいなくなってから少しして。

フィルは応接室を飛び出してしまったリリィに会おうとその姿を捜していた。

「捜すのはいいが、あんまり変なことを言うとなぁ」

腕を組み、どう慰めようか考えながら廊下を歩くフィル。

下手なことを言って更に傷つけるわけにもいかない。何度も言うが、フィルは自分の理想のためにリリィのお願いを断り、劣等感の解消を拒んでいる。けど、慰めてはあげたい。

そんな板挟みの感情が頭の中をグルグルと回っている。

簡単にリリィを納得させるような言葉が見つかるのであればニコラがとっくの昔に言っていそう

なものだ。

しかし、部外者だからこそ……思惑の相手だからこそ諭せることもあるかもしれない。

（リリィの落ち込んでる姿なんて見たくねぇよ、本当に）

あの子は笑っている姿が一番似合っている。

だからこそ笑っていてほしいと願ってしまうのだが、簡単に寄り添える方法や言葉など思いつくわけもなし。

こういうのはカルアの方が得意かなと、寄り添うことを理想とした相棒の姿をふと思い浮かべてしまった。

その時――

「フィ、フィル！」

廊下の先からカルアがやって来る。その声から少し息が荒いような気がした。

カルアは先程リリィのあとを追ってくれていたはず。もしかしてリリィに何かあったのだろうか？　フィルの胸の内に不安が沸き上がった。

「どうした？　まさかリリィに何か――」

「ごめん、リリィ様には会えてないの。それより、急な来客があったから……」

「急な来客？」

またしても突然やって来た客という言葉にフィルは首を傾げる。

カルアならリリィを優先して来客を待たせておこうと考えるはず。何せ、こっちは一国の王女、それに可愛がっていた妹のような存在だ。この国でそれ以上に優先しなければいけない相手などほとんどいない。

イリヤが追いかけてくれたとはいえ、そんな子を放置してまで対応しなければいけない来客とはどんな相手なのだろうか？

少し焦っている様子と合わさり、余計疑問に思う。

「本当は待たせてリリィ様を追いかけたかったんだけど、使用人に声をかけられて……それで、私でも少し手に余っちゃって」

そして――

「アルアーデ国の第一王女が来てるの……フィル、何か心当たりはある？」

カルアは優先した行動の理由を口にした。

アルアーデ国第一王女

アルアーデ国。

ライラック王国の西側に隣接する小さな国だ。ライラック王国と比べて民の数も領土も小さいが、決して栄えていない貧しい国ではないということは先に伝えておく。

それは国の大部分が海に面しており、貿易が盛んな場所であるからだ。

加えて、大陸の中では一番と言われるほど海産物が有名であり、海の都とも呼ばれるアルアーデ国の首都は観光名所としても人気を博している。

ライラック王国も輸入輸出では大変お世話になっており、両国は良好な関係を築いていた。

その国の王族は現国王、王妃を含めて第一王女の三人のみ。

他国に比べて王族の数が少ないからというわけではないが、フィルも隣国の人間として名前ぐらいは把握していた。


――シェリー・アルアーデ。

アルアーデ国唯一の王位継承者にして、周囲からも認められる才気溢れる王族。加えて、『探求者』と呼ばれるほど知識に飢える少女。

そんな人間が――

「突然の訪問、申し訳ないね――フィル・サレマバート」

別の応接室にて、一人の女性が腰を下ろして足を組む。

ウェーブのかかった金の長髪。美しく端麗な顔立ちに、宝石のようなルビー色の双眸。歳はフィルよりも少し上ぐらいだろうか？　大人び、それでいてどこか掴みどころのない霧がかかったような雰囲気を感じた。

公式で訪れたからか、薄く淡い黒のドレスが彼女の大人びた雰囲気をより一層強調させる。浮き出る胸部も、言い表せぬ妖艶さを醸し出していた。

その後ろには二人の人間。

恐らく護衛の人間だろう。ただ他の護衛と違うのは、甲冑など身に纏《まと》っておらず、あくまで私服のような格好であることだ。

一人はシャツにパンツだけといった、いかつい顔をした少年。

もう一人はゴシックな服を身に纏った小さな白髪の少女。

護衛と呼ぶには些か異色すぎる。それでもこうした場に顔を見せるのだから、護衛という立場であることは間違いないだろう。

「それは構いませんが、どのようなご用件で？　流石に初対面で感動的な再会を演出しに来たわけ

じゃないでしょう？」

「ふむ、それも面白いな。特殊な設定でも匂わせておけば今後の関係に深みが出る」

「今後の関係が生まれるとでも？」

「まだ顔を合わせたばかりなのに決めつけるのは早計だとは思わないかい？」

立て続けの来客だからか、フィルの態度は少し冷たいものであった。

しかし、対面に座る女性は気にせず不遜な態度を見せたまま口元に笑みを浮かべる。

「大方他の者から聞いているだろうが、改めて――シェリー・アルアーデだ。初めまして、フィル・サレマバートくん」

「フィル・サレマバートです。とりあえずようこそ、サレマバート領へ」

口にするものの手は差し出さない。

それでもいいと思っているのが両者だ。しかし、シェリーはせめてもと軽口を叩く。

「ふむ、つれないね。それじゃあ初対面の女の子が怖がってしまうではないか。こういう時、男がまず先に場を和ませるものじゃないのかい？」

「デートの真っ最中なら考えたでしょうけどね。今は生憎と中身の分からない宝箱を持って現れたセールスマンにしか見えないんですわ。詐欺には気をつけろって親に強く躾けられまして」

「おっと、そういえば用件を伝えていなかったね。いやはや、噂の『影の英雄』と出会えて少々緊張してしまったようだ」

「ご冗談を……俺は『影の英雄』などでは――」

「先日はうちの国の村を助けてくれてありがとう。皆が感謝していたよ。お礼がしたいのだが何がいいだろうか？　男だから綺麗な女を見繕った方がいいかね？」

「うっそマジでやったぜひゃっふ――――ハッ！」

シェリーの口の端が吊り上がる。

アルアーデと言えば、先日フィルがイリヤと一緒に小競り合いに介入した国の一つだ。割り込んだ理由として、近くに村があり被害が及びそうだったから。

もちろん、それを知っているのはアルアーデ国とアルム帝国、介入した『影の英雄』達のみ。

つまりここで認めてしまうということは、フィルが『影の英雄』であると認めたのも同義。

「俺は『影の英雄』じゃありません」

「今の喜びようのあとでよく言えたものだよ」

それでも認めたくないフィルであった。

「まぁ、この際本人が認めようが認めまいが些事でしかない。結局、我々を含め大勢は信じた事柄こそを真実と認識する。そこに事実がなかったとしても大勢が納得していれば真実になり得るのだから」

「新手の詐欺要素が増えた発言だぜ……少しは被害者の気持ちを考えろ」

「あながち風評被害でもないのだろう？　なら大丈夫だ」

大丈夫じゃないから余計な面倒事が舞い込んでくるのだが、それを面倒事の張本人を前にして口にするわけにもいかない。

フィルはさっさと話題を切り替えようと小さく息を吐いた。

「それで、結局のところ用件はなんですか？　俺が『影の英雄』だって決めつけてお礼でも言いに来たんですか？」

「それもあるが、決して本題ではない。フルコースの前菜みたいなものだ、メインは別にある」

シェリーは口元を吊り上げたまま口にした。


「是非、私と婚約を結んでほしい」


突然の用件に場の空気が固まる……というより、フィルだけが固まる。

その反応にシェリーは首を傾げた。

「ふむ、おかしいな……こう見えても世間では超がつくほどの有名人だったのだが、思っていた反応と少々違うね」

「……いや、急に婚約って言われても普通は『は？』でしょうよ。『きゃー、超うれしー！』って言えるほど関係ができ上がっちゃいませんし」

「容姿はかなり整っていると自負があるのだが……」

「ふむ……」

「こら、胸を凝視するな胸を。そこ一部オンリーで言ったわけじゃない」

確かに「きゃー、超うれしー！」と言えるほど素晴らしい胸部をしている。

フィルの視線が釘付けになるのも無理はない。この場に相棒がいなくてすこぶるよかった。

「……なぁ、私の魅力は胸だけなのか？　この反応をされると今までの自信に杭を打たれた気分なのだが」

凝視するフィルをさておいてシェリーは後ろの二人に尋ねる。

「あァ？　ンなの俺に聞くなよ、姫さん。そもそも俺は女に興味がねェ」

「わ、私……も、女の子には、興味がな、いよ……？　だって、私も、女の子……だし」

「客観的な判断を下してほしかったんだが……私だって女を異性としては見ないよ」

はぁ、と。シェリーは尋ねた相手が悪かったと思ったのかため息を吐いた。

本人はこうしてこの場の面子《メンツ》に自信を削がれてしまっているが、客観的に見てもシェリーは充分に容姿が整っている。それこそ、街を歩けば必ず誰しもが目を追ってしまうほどだ。

フィルが胸にしか反応をしないのは、恐らく美少女慣れが発生しているからかもしれない。

ここ最近のフィルの周りは異様にも顔面偏差値が上がってしまっているのだから。

「それで、どうして俺なんですか？　ありがたい話ではありますが、本来あなたほどの人間だったらいち伯爵家の人間よりも上の人間がいたでしょうに」

「胸を見て断るとは無礼じゃゃ……まぁ、いい。断られるのは想定内だ。元より、こちらはスキップで帰れるなどとは思っていない」

シェリーは足を組み替えて口にする。

「理由の一つは自国だけではなく他国の民衆から慕われている『影の英雄』との関係を強固にする

こと。無論、私が抜けてしまえば国は養子の選挙を始めてしまうので婿に来てもらうことになるがな」

アルアーデ国の跡継ぎは現在シェリーしかいない。

そんな状況で嫁入りでもしてしまえば養子を探すところから始めなくてはならなくなる。

サレマバート伯爵家には使えないとしてもザンがいるため、フィルが婿入りという流れになるのは当然であった。

「随分と正直者ですね。鼻の下伸ばしてやって来る他の貴族に胸を揉ませてやりたいです」

「爪の垢を煎《せん》じて飲ませてやりたいと言え、それだとただのセクハラだ。結構高いんだぞ、私の胸は」

王女の胸を揉みしだけと言えるのもフィルぐらいだろう。

「すみません、口が滑ってしまいまして……」

「それはフィル・サレマバートが胸ばかり見て発言するからだ」

「それで、一つは……って言ったんだから二つ目もあるんだろ？　四つは器の小さいフィルくんには多すぎて困るから二つだけで頼む」

「安心したまえ、そんなに多くはない――もう一つは、君が魔術師だからだ」

その発言にフィルの眉が動く。

「それは戦力としてか？　そりゃ、どこであっても魔術師はほしいだろうが……」

「傭兵のような単純な戦力としてほしいと言っているわけではない。何せ、後ろの二人がいれば今のところはこと足りているからね」

薄々分かっていたが、やはり後ろの人間は魔術師だったようだ。

我が強い魔術師であれば、こんな場所でも堂々と私服で来るのも頷ける。王女に対する言葉遣いも言わずもがなだろう。

（ステータスほしさに魔術師を侍らせたい女じゃなさそうだし、となると魔術師をほしがる理由は……）

少しフィルは考え込む。

そして――

「あぁ、そういうこと……あなたも魔術師でしたか」

「おや、今の発言だけで分かってしまうとは。そこまでクイズのヒントを与える優しさは見せていなかったはずなんだが」

面食らった顔をするシェリーにフィルは肩を竦める。

「そりゃ、魔術師をステータスほしさでも戦力としてもほしくないんだったらそれしかないでしょ
――何せ、そっちの方が動きやすい」

魔術師はどんな出自、立場であろうが目的は一つ、理想を追い求めることだ。

誰よりもその理想に対する欲は強く、手段も力もあるものの周囲から受け入れられ難《にく》いことが多い。

例えば、フィルの理想である『自由』。追い求めるために自堕落な生活を謳歌していたとしよう。

そうすれば周囲はどう思うか？

当然、どうしてそんな自堕落な生活を送れるのかと、神経の図太さに愚痴を零すだろう。実際に、フィルが『影の英雄』だと周囲に騒がれる前は『遊び人』と馬鹿にされていたのだから。

周囲からしてみれば、本人が如何《いか》に本気で取り組もうと奇行として見えることがある。理解されないなど当然なのだ。

それが将来の伴侶ともなるとデリケートに考えるのはある意味女としては当たり前なのかもしれない。

ずっと一緒にいるのに受け入れてもらえない。愚痴でも零され、行動を阻害でもされてしまえば関係性が壊れてしまう恐れがある。

そう考えると、相手が魔術師であれば楽なのだ。

自分と同じ、こいつの行動は理想を追い求めているからこそなのだと理解し、受け入れてくれるから。

実際、魔術師同士の結婚というのは珍しくない。とはいえ、そもそも魔術師の存在自体が希少なので組み合わせの数も少ないが。

「だったら後ろの護衛とでも結婚すりゃいいじゃねぇか。こんな別嬪《べっぴん》さんなら鼻の下を伸ばしながらバラの花束と指輪をプレゼントされるだろ」

「はァ？　俺は女に興味はねェよ」

「っていうわけだ、何故か私が二人にフラれたという悲しい構図が生まれたが理解はしてくれたかな？　それに、初めにも言っただろう？　国としても『影の英雄』の名前がほしいのだと」

それに、と。シェリーは肩を竦める。

「理想を追い求める魔術師とはいえ、仮にも王女だ。相手を選ばなければならない立場にいるものでね、おいそれと『魔術師だから』という理由で伴侶は選べない」

確かに、王女という立場なのであればそれ相応の相手を望まれる。

そこいらにいるような相手を選ぶには周囲の反感も強いだろう。何せ、シェリーは国の唯一の王位継承者だ。

その点を見ると、フィルは家格としては弱いが『影の英雄』という箔《はく》が強いため申し分ないと言える。加えて、シェリーと同じく魔術師という点が要求にピッタリだ。

こんな人間、そうそう巡り合えるわけもない。

「苦労してるんですね、そちらも」

「そう思うのであれば汲み取ってくれても構わないが？」

「遠慮しておきますよ、王族になるのは俺の理想を大いに阻む」

「これは残念」

シェリーは言葉とは裏腹に妖艶な笑みを浮かべた。

ニコラとは違う、掴みどころのない印象を感じる。それがどうにもやり難く、フィルは思わず頭を掻いた。

「とはいえ、申し訳ないが諦めるつもりはない。私の理想にも関わってくるからね――――ナイフとフォークを渡されて目の前にご馳走があるのに回れ右をしろというのも酷な話だろう？」

「あなた用に差し出された料理でなけりゃ同意しましたがね。今はどこにも提供してないんですよ」

「試食させてくれてもいいじゃないか」

「その表現だと食われてあとで捨てられません、俺？」

食べるだけ食べて帰る未来が想像できてしまった。

「まぁ、無茶を言っているのはこちらだ。少しぐらい誠意を見せようじゃないか」

「何を――」

「私の理想は『探求』だ」

唐突な理想の開示に、フィルは一瞬呆けてしまう。

それでも、シェリーは言葉を続けた。

「好奇心というのは誰しもある。気になったら夜眠れない……なんていうのは好奇心からくる不安だ。私はもっともそれを嫌う。簡単に言ってしまえば、関心を向けたものに対して全てを知っておかないと嫌なんだ」

言い換えれば知的欲求が強いということだろう。

あらゆるものを知り、理解しておかないと気が済まない。理想とし、魔術師になるぐらいだ……恐らく、この世の誰よりもそれが強い人間なのだろう。

「明日の料理はなんなのか？　伴侶に選ぼうとした君はどんな人間なのか？　みたいなものから些

細なものまでなんでもいい……あまねくもの全てを私は知りたい。といっても、今はもっぱら魔女に夢中なのだがね」

「お前……」

「言葉遣いが変わっているぞ、フィル・サレマバートくん？　まぁ、致し方もないね――何せ、魔術師にとって魔女は恩人であり怪人なのだから」

シェリーは眼光を鋭くするフィルを見てもなお態度を変えない。

「魔術は生まれながら魔力がある人間のみが扱える？　違うだろう、人間は生まれながらにして平等だ、誰かが特別なまま生まれるなんてあり得ない。それはもちろん、君にだって分かるはずだ」

そう、フィルにはシェリーの言わんとしていることが分かる。

何せ、自分は魔術師だから……魔術師だからこそよく分かっている。

どうして魔術師になれたのか？　と。

それは――

「理想を渇望する。それこそが魔術師になる鍵であり、渇望する者にこそ魔女は姿を見せる。あぁ、こういう言い方もあったね」

――全ての魔術師は魔女に起因する。

そのシェリーの言葉は、フィルの脳内の記憶を刺激した。

今となっては理解できる。かつて、自分の幼なじみが手紙で残した言葉であり、自分も一端に触れてしまったのだから。

「私はそれが気になって仕方がない。魔女とは何者なのか？　どうして理想を渇望する者にのみ現れるのか？　どういうラインを超えると姿を見せるのか？　ふふっ、知的欲求とは恐ろしい……次々と疑問が湧いてくる。そして、それが満たされる時の愉悦が堪らなく愛おしい。あぁ、早く満たされたい……」

己の体を抱き、頬を赤らめ、恍惚《こうこつ》とした顔を見せるシェリー。

大人びた印象の持ち主だからか、その時のシェリーはとても色っぽかった。

「あー、また始まりやがったなァ……姫さんの頭の悪い顔」

「姫、様……ちゃんと、しない……と、フィル様……驚いちゃう、から……」

ゴシックな服を着た少女が一人の時間に入っているシェリーの肩を叩く。

するとシェリーはハッ、と我に返り、固まってしまった空気を誤魔化すように咳払いをした。

「ごほんっ！　す、すまない……はしたない姿を見せてしまった」

「いえ、脳内フォルダーが潤いました色っぽくて大変素晴らしかったご馳走様です」

「おい、こいつもすげェ変わりもんだぞ」

「姫、様以上の……人、発見……」

「その言い方だと私もおかしい人間に聞こえるぞ、下僕二人」

なんか失礼なことを言われたなと、自覚が足りないフィルであった。

「……まぁ、いい。今日のところはこれで失礼しようじゃないか」

そう言って、シェリーは組んだ足を解《ほど》いて立ち上がる。

「そうだ、突然押しかけてしまったお詫びに手土産を用意しているんだ。もしよかったらもらってくれ」

シェリーは後ろの少年にアイコンタクトを送る。

すると少年は床に置いていた袋から小さな箱を取り出した。

「うちは海産物が美味しいと自負している。保存もきくものだからぜひ食べてほしい」

「これはご丁寧に。なら、うちの領地で穫《と》れた苺もお渡ししないと。こう見えても、うちで穫れた苺で作ったクッキーは美味しくて、せっかくならお返しに王女様にも食べてほしいですね」

「ふふっ、それは楽しみだ」

フィルはシェリーの合図を受けた少年から箱を受け取る。

婚約を断ってはしまったが、こうして菓子折りのようなものをもらえるのは嬉しい。今まで訪れた貴族達はこのようなものなど用意してくれなかったし、相手の本気度や誠意、人となりが見えるようでフィル的に好印象だ。

(それに、アルアーデ国は海産で有名。一回食べてみたかったんだよなぁ)

フィルは頬を緩ませながら、早速綺麗に包装された箱を開け――

苺のクッキー↑見覚え超アリ

「…………」

さて、海産はどこに行ったのか。

嬉しいなー、サレマバート領の名物お菓子じゃないかー。

「おいッ！　あの引き攣《っ》った顔を見れば流石に私でも分かるぞ、あれはうちの名産じゃなくて確実にここの名産だろう!?　買っておけって言ったよな!?」

「当たり前のこと聞くなよ、姫さん。買うの忘れたから急いでここで買ったんじゃねェか」

「おいし、そう……だ、よ？」

「美味しそうなのは分かるが常識を考えろ私だけ恥をかいたみたいじゃないか！」

なんかしまらねぇなー、と。

フィルは騒ぐシェリー達を見て頬を引き攣らせた。

◆◆◆

『また遊びに来るよ、簡単に諦めるには君は惜しい存在だからね』

などと言い残しシェリーが去っていった頃には、日が沈み始めて茜色の空が広がっていた。

夕食にはまだ時間が早すぎる。

フィルはシェリー達が去ったあと、とりあえずいつもの執務室に戻ることにした。そのあとリリィの様子でも見に行こうと思っていたのだが、執務室にはカルアの姿がありその場に留まることにした。

リリィに会う前にどんな様子だったかは聞いておくべきだろう。

フィルはカルアに淹《い》れてもらった紅茶を一口啜りながら、ソファーの横に座るカルアに尋ねた。

「どうだった、リリィは？　大丈夫そうか？」

「今は少し落ち着いたわ、イリヤが頑張って慰めていてくれたみたい。私が行った頃には泣き止んで自室で考え込んでいたわよ」

「そっか……」

「とりあえずは安心していいんじゃない？　イリヤが今も傍にいてくれているみたいだし」

イリヤには感謝しなくてはならないだろう。

こうして支えになってくれる存在……というより友人は貴重だ、きっとリリィも心が軽くなってくれたはず。

フィルはカルアの話を聞いて肩の力を一気に抜いた。

「あの子、思った以上にリリィ様と仲良くなってるみたいね。同世代の子っていうのが珍しかったのかしら？」

「俺らでも大概若い方だが、イリヤはあの年齢で魔術師になったからな。今まで周りに馴染めるような子がいなかったせいで新鮮だったんだろうよ。まぁ、それはリリィも同じことなんだろうが」

あれぐらいの小さい子供の魔術師が周囲の同世代と仲良くしようと思うのも酷な話だ。

っているのだから。恐怖までいかなくとも委縮ぐらいはしてしまう。

何せ、笑い合ってただ遊んでいたい友人が指先一つで簡単に誰かを殺してしまえるような力を持

それ故、雇われの魔術師として早くから大人の世界へと飛び込んだのだろう。

だからこそリリィという友人ができたのはイリヤにとって大きなもののはず。今のように寄り添って心配しているのが何よりの証拠だ。


可愛いもののあんなに不遜で警戒心の強かったイリヤが、だ。


「それで、あなたの方はどうだったのよ？　例のアルアーデ国の王女様は」

横に座るカルアがフィルの顔を覗き込みながら尋ねる。

「ん？　あ、あぁ……婚約の話を持ち掛け――」

「あァ？」

「こらこらお嬢さん、俺の視界を遮っている二本の指をしまいなさい。これで俺が悲惨な目に遭ったら世界平和も泣いて土下座するぞ」

そもそも持ち掛けられただけでフィルが一切どうこうしていないのは分かり切っているはずなのに、カルアの中では関係なく死活問題だったようだ。

「ちゃんと断ったから安心しろって。お前が安心してくれなきゃ俺が安心できない。主にお目々さんが冷や汗流して動悸が激しくなってるぞ」

「それは運動後だからよ」

「……だったら濡れたタオルと冷えた水を持って来ようぜ、爪の尖った指じゃなくてさ」

カルアがため息を吐いて眼球に向けていた指を下ろす。

また視界がブラックアウトしなくてよかったと、一旦フィルは安堵した。

「しかしさぁ、前から思ってたけど……なんでそんなに俺の婚約をお前が嫌がるわけ？　俺の体は在庫一個しかないけど、別にお求めしちゃいねぇだろ？」

「そ、それは……」

カルアの頬がいきなり朱に染まる。それどころか先程まで違和感のなかった会話も詰まり、居心地が悪そうに体をモジモジさせていた。

こんな態度を見せてしまったら弥《いや》が上にもフィルは気がついてしまうだろう。

カルアは今自分の咄嗟に出てしまった態度を後悔した。

（ま、まぁ……それはそれでいいんだけど……）

今のカルアが踏み止まっているのは大目標である『フィルの隣』が確保されているからだ。

そこにフィルの意思を尊重したいという優しい思いが乗っかっているだけで、別に奥手だからというわけではない。とはいえ、少しぐらいは勇気を持ち出すのに躊躇《ためら》いがあるとは思うが、大きな問題ではなかった。

そのため、自分の気持ちがバレたらバレた時。

いや、こうして婚約の話が持ち上がっているのであれば自分も早く動いた方がいいのかもしれない。

今更ながら気づいたカルアは染めた頬を戻して一人の時間に没入し始めた。

「お、おーい……カルアさーん？　ここで勝手にシンキングタイムに突入しないでくれますー？　別に謎解き大会しているわけじゃないんですことよー？」

フィルの言葉を無視して。

（ってなれば、お父様と相談してみる？　お父様もフィルだったら親指立てるほど喜ぶでしょうし、お母様もフィルには感謝しているって言っていたわ。そうなるとフィルのお父様とお母様を納得させて、外堀を綺麗に埋めておく方がいいわね）

やろうと思えばやれるのがカルアだ。

やって来たシェリー達に比べれば劣るが、家格としても問題なし。フィルの両親との折り合いも良く、何より自分の両親が歓迎している。

想いの強さも理想とするぐらい強いものだ、恐らく他者にも負けてはいない。

ただ――

（フィルの理想を邪魔したくないっていうのも本音なのよね。今は『影の英雄』目当てで来る人ばかりだけど、この感じだとそれ抜きにしても誰かと婚約する気はなさそう）

恐らく、現段階で誰かと婚約でもすれば自由から遠ざかるというのを根本のどこかで思っているのだろう。

とはいえ、貴族としていつかは結婚しないといけないのだろうが、本人が本腰を入れて相手を探していないことからフィルが心の底から望んでいないのが分かる。

別に周囲が原因でフィルの理想が阻まれようとも、正直それはさして気にしていない。

だが、その原因が自分に影響しているというのであれば話は別だ。

結婚することがカルアの理想の一番の形であっても、現状は満たされている。そんな中で邪魔どすれば、フィルの中で自分がただの厄介者に変わってしまう恐れもあった。

(いや、待って。本当にフィルは今結婚を望んでいないの……？)

フィルが女好きだというのは嫌というほど知っている。

それも自由の内に入っているのであれば、結婚して女を作るのもその一環としては理にかなっているはずだ。

カルアの中で疑心が生まれてしまう。

だからだろうか――――

「……すいやせん、どうして今度は急に見つめてくるのでしょうか普通に恥ずかしいよ人気者は辛いぜお嬢さん」

カルアの唐突な疑うような眼差しを真っ直ぐに向けられて、フィルは少し身を引いてしまう。

「……ねぇ」

「な、なんでしょうか？」

「あなたって、結婚する気はあるの？」

「そりゃ、腐っても貴族だし跡継ぎだしな。ワイン片手に独身ライフ送ってたら親父からありがたいグーパン飛ぶぞ？　ザンはあてになんねぇだろうし、いつかはするだろうよ」

「そうじゃなくて」

「ん？」

「それを抜きにして！」

いつになく真面目に聞いてくるカルアにフィルは少し頬を掻いた。

貴族云々《うんぬん》の話を抜け、ということは『自分は異性と結婚したいのか？』と問われていると分かる。

話の続きにしては些か逸れているような気もしなくもないが、その理由が分からないのであれば疑問に思っていても仕方ない。

フィルは小さくため息を吐くと、カルアから目を逸らしてポツリと呟いた。

「……まぁ、お前よりいい女が現れたら考えるかもな」

イエスでもノーでもない曖昧な回答。

それでも、伝わってくる意味として今はカルア以上の女が見つからないということは読み取れる。

つまり、現状フィルにとってはカルアが一番魅力的な女性だと――

「～～～ッ!?」

カルアの顔が一気に赤くなる。

そして、すぐさまフィルの胸に顔を埋めるように抱き着いた。

「なんだ？　今日は甘えん坊の特売セールか？」

「う、うるさいっ。あなたが嬉しいこと言うからでしょ……」

「俺だって恥ずかしいんだから言いたくて言ったわけじゃないって汲み取ってくれよ。甘えん坊を買えるほど金持ってねぇんだって」

「……タダでいい」

「はいはい、じゃあ買ってやるよ。ただし、リリィのところに行くまでの分だけな」

フィルは大人しく、サラリとした髪を優しく撫でる。

その時のフィルの顔はほんのり赤く染まっていた。

しかし、それにカルアは気づかない。何せ、嬉しそうに目を細めて体を預け続けているのだから。

◆◆◆

ファンシーな装飾など見当たらない客間にて。

リリィはあれからずっとベッドの端で蹲《うずくま》っていた。

「そんなに落ち込むようなことですかね？　別に『家族が死にましたー！』ってお涙ちょうだいの演出が始まったわけじゃないんですよ？　悲劇のヒロインなんか配役されちゃいないんですし、元気出したらどうです？」

その横にはメイド服を着たイリヤの姿。

軽い調子の声だったものの、その顔は酷く心配そうにしている。

こうして心配してくれる友人の存在は嬉しかった。リリィにとっては初めて友人といえる存在だ。

上辺だけで好意を寄せてくれているのではなく、純粋に自分の意思でリリィ・ライラックという存在に好意を寄せて親しくしてくれている。だからこそ、リリィもイリヤのことは大好きだった。

望むらくはずっと一緒にいたいぐらいに。

そんな初めての友人に心配をかけたくないとは思っている。

でも、それ以上に姉の来訪によって誤魔化されていた劣等感が浮上してしまい、持ち直そうとしても中々心が思うように前を向いてくれなかった。

「……私、なんにもできない」

ポツリと、リリィが零す。

「ニコラお姉ちゃんもサクヤお姉ちゃんも凄い人なのに、私だけ役立たず」

「…………」

「だからフィルお兄ちゃんと結婚すれば役に立てるって思ったの。王女としてちゃんと国のためになるんじゃないかって……でも、ニコラお姉ちゃんは『気にしないでいい』って言ってくる」

気にするなと言われて開き直れるほど、リリィの心は図太くない。

気遣われているようで、安易にのけ者にされているようで、余計に劣等感を逆撫でされているような感覚になるだけだ。

故に、ニコラがやって来てあのような言葉を言われてしまった時は辛かった———文字通り、飛び出してしまうほどに。

誰が悪いとかではない、自分が悪いのは分かっている。

ニコラは単に心配してくれているだけなのだろう。自分は姉二人に比べたら子供で、まだ自分には本当に求められていないことも。

しかし、素直に受け止められるわけではなかった。

長年傍で姉達の活躍を見てきてしまったからこそ、己の非力さが重く伸《の》し掛かってくる。

「……ぐすっ」

思い出すと再び涙が溢れてしまいそうだった。

リリィは横にいるイリヤに見られないよう顔を膝に埋めて声を殺す。

――そんな時であった。

「私、空を飛びたいんです」

ふと、唐突に脈絡もない言葉がイリヤの口から飛び出した。

「えっ？」

「思ったことないですか？　澄み切った青空の先に何があるのか？　夜空に浮かぶ星が綺麗で触ってみたいなとか」

思ったことはある。寝静まった夜にふとバルコニーへ出て見上げると綺麗な星空が広がっていて、思わず手を伸ばしてしまったことぐらいは。

だが、今それになんの関係があるのだろうか？

リリィは疑問に思って顔を上げ、イリヤに視線を向けてしまう。

「皆は子供っぽいって笑いますけどね……私は本気ですよ。私は本気で空を飛んで青空の先を見たり星を摑んでみたいんです。それこそ、自分の理想にしちゃうぐらいには」

魔術師は己の理想を誰しも持っている。それはまだまだ世の中を知らないリリィですら知っていた。

イリヤは魔術師。きっと、何かしら理想があって魔術師として活躍しているのだろうということも。

ただ、そのような理想だとは思わなくて。リリィは少し驚いてしまう。

「魔術師って自分の理想を叶えるために自分の魔術を生み出すんです。どうすれば理想が叶うのか？　どんな力を持てば理想へ近づけるのか？　私の場合は『重力』でしたよ」

イリヤは片手を少し動かす。

するとテーブルに置いてあった花瓶が宙に浮き、すぐさまそのままストンと落ちた。

「翼を……なんてファンシーなことも考えました。でも、それだと翼がなくなると飛べなくなっちゃいます。逆に空を近づけてみるってことも考えましたね。そっちの方は方法が思いつかなくて諦めちゃいましたけど」

「あの、イリヤちゃん……？」

「要は、全ての魔術師は己の理想のためにあらゆる手段を考えていたってことです。フィル・サレマバート然《しか》り、あの女然り、色々試して、頭を回して、それでも諦めきれなくて、悩んで悩んで……自分の答えに至ったんです」

イリヤがそっとリリィの手を握る。

その時のイリヤは珍しく優しい柔らかな表情を浮かべていた。

「私は別に『気にするな』なんて言いませんよ。多分、リリィと同じで『むかー！』ってなっちゃいます。ただ、今のリリィみたいに落ち込んだりはしませんけどね。何せもったいないないですもん。そんな時間があれば私は理想を叶えるためのテーマを考えます」

「…………」

「王族として役に立つ方法は別にフィル・サレマバートと結婚するだけじゃねぇと思いますよ？　理想を阻んでいるならあの男が首を縦に振るとは思えませんし、違う道を探した方がいいと思うです。周りが心配しなくてもいい方法だって絶対にあるに決まってます。私から言わせてもらえば折れるのが早いんですよ、リリィは。皆が納得できる役に立つ方法を探して探して探しまくってから泣いてみてもいいと思います。そん時は、私も全力で慰めてやるです」

だから元気出して、と。イリヤはにっこりと笑った。

それを受けて、リリィの目頭に小さく涙が浮かぶ。

少しの間、リリィは何かを言いたそうに口を動かしたものの、変わらぬイリヤの表情に思わず口元を緩めてしまった。

「強いなぁ、イリヤちゃんは……」

「そりゃ、魔術師ですから！　そこらの有象無象と一緒にしてもらっちゃ困ります！」

「ふふっ、そうだね」

リリィは浮かんだ涙を拭って、イリヤの手を握り返す。

「うん、元気出てきた。ありがとう、イリヤちゃん」

「と、友達ですからね。こういうのは友人割引で簡単に引き受けてやりますよ」

恥ずかしそうに頬を染めたイリヤは誤魔化すように立ち上がり、そそくさと部屋の扉へと向かっていく。

タイミングがよかったのか悪かったのか、リリィの耳にも届くような腹の虫がイリヤの方から聞こえてきた。

「そ、それじゃあ私はお腹が空いたので食堂行って何かもらって来るです。落ち込むなとは言いませんけど、元気出してくださいねー！」

それを受けてリリィが小さく手を振ると、イリヤはニカッと笑みを浮かべて扉の向こうへと姿を消していった。

一人になっただけで、室内に静寂が広がる。

それが寂しいように感じるのだが、入ってきた時よりもリリィの心はスッキリとしていた。

（考える、かぁ……凄いなぁ、イリヤちゃんは）

自分もあのように前向きに生きていけるだろうか？　他の人よりも生まれた環境が特別で、立場も時別だが、劣等感に苛まれる日々から抜け出すことはできるだろうか？

（ううん、私が逃げてただけ……だよね）

イリヤの言う通り、探せば周りが心配などしない方法で国の役に立てることもあったかもしれない。

勝手に追い込んで、安直な考えに走り、一層追い込んだのは自分だ。

（皆のために役に立つんだ……私は王女だもん……）

考えて、悩んで、勉強すれば違う方法が見つかる可能性があるはず。そう教えてくれたのはイリヤであった。

「役に立つ……私は、お姉ちゃん達や国民のために役に立つ……」

ブツブツと、静寂しきった室内にリリィの声が響き渡る。

先程の沈んだ顔はどこにもない。前を向き、切り替えたかのように沈んだ表情が、消えていた。

その時――

「リリィ、入るぞ」

ガチャりと、もう一度部屋の扉が開いた。

姿を現したフィルは部屋の中にいるリリィを見かけると近くに寄って腰を下ろす。

「大丈夫か、リリィ……って、どうした？」

フィルが少し心配そうにリリィの顔を覗く。

何故そうしたのか？

「私、フィルお兄ちゃんとの婚約諦める」

それは違和感。

なんとも言い表せない違和感が、フィルの胸の内に湧いたからだ。

「その代わり、もう少しここにいさせて？　私、考えるから」

その違和感の正体は分からない。

けど、落ち込んでいるようには見えなくて――

「役に立つよ、私……絶対に」

——どこかで、見たことのある顔のような気がした。

自分も、こんな顔をしたことがある。

苦悩のそれから

「フィルお兄ちゃん遊ぼー！」

しかし、そんな違和感は翌日には消えており。

目覚めて朝食を食べ終わったところに、リリィが笑みを浮かべてやって来た。

「あー……ちょっと待ってな。今、うちの領民にお小遣い配ろうとしてるから」

「フィルお兄ちゃん、大忙し……？」

「早くしないと小遣いほしさに子供がデモ起こしちゃうんだ。金の使い方を覚えたお菓子買えない子供の恨みは怖いぞー？　武器持って屋敷の前に大行列だからな」

執務室にて、フィルは予算の配分が書かれた紙を眺めながらやってきたリリィに待ったをかけた。

こう見えても、フィルはこの領地の仕事を全て纏《まと》めている。

弟が使えない分、両親不在の間の代行としてしっかりとやっている。以前まで耳を澄ませば聞こえてきた遊び人の影はどこにも見えないほど。

だが、それもあくまで様子だけ。頭の中は違うことでいっぱいであった。

（しかし、昨日のリリィはなんだったんだ……？）

書類を眺めるフリをして、フィルは昨日のリリィを思い出す。

(元気になってくれたのは嬉しいが、引き摺《ず》っている様子が見えないのは逆に気になるな。イリヤが慰めてくれたにしてもいつも通りすぎる)

覚えた違和感も今となってはすっかり消えていた。

まるでニコラが来る前に戻ってしまったかのようだ。それはそれでいいことなのだが、全てがプラスに運ぶことなどあり得るのだろうか？

どことなく不安を覚えてしまう。

だからからか、フィルは顔を上げてリリィの方を向いた。

「リリィ」

「ん？」

「なんかあったら頼れよ」

唐突に発せられた言葉に、リリィは首を傾げる。

しかし、すぐさまニッコリと笑みを浮かべた。

「ふへへ……フィルお兄ちゃん、やっぱりアビお兄ちゃんと似てるね。同じこと言われたことがある」

「似てねぇよ、あいつは俺みたいな自由人じゃねぇだろ？　俺は首輪さえなかったらすぐに主人を置いて走り回るような男だぞ？」

そういう風にわざわざなったんだから、と。

フィルは書類を置いて小さく肩を竦めた。

「そうかなぁー？」

いたずらめいた笑みを浮かべながら、リリィはフィルの横に座った。

「でも、ありがと。私はもう大丈夫だよっ！」

「……そっか」

フィルは横に座ったリリィの頭を乱雑に撫でた。

リリィが「わわっ、やめてよっ！」と口にするものの、フィルはやめることなく同じようにいたずらめいた笑みを浮かべる。

（まぁ、元気だし考えすぎるのもおかしな話か）

逆につついてせっかく立ち直ったのに沈ませてしまっては元も子もない。

そう自分の中で結論付けると、フィルは立ち上がって扉の方へと向かった。

「遊んでやるのは騎士団の様子を見てからな。主人が見てねぇと可愛い犬っころも喜ばないらしいし、それだけ先に済ませておきたいんだ」

「分かった！」

フィルの後ろを、リリィがトテテトテと可愛らしくついてくる。

こういう姿を見ると、本当に妹ができたような気分だ。

だからからか――

（アビが可愛がったのも、こういうところが気に入ったからなんだろうなぁ）

ふと、フィルの口元が緩んでしまう。

とはいえ、いつかいなくなってしまう存在ではあるのだ。

それもミリスの時同様、寂しさを覚えるものになるだろう。

面倒事の一端のはずなのに、それが少しだけ悲しくなってしまった。

◆◆◆

執務室を出たフィル達はそのまま屋敷を出て敷地内にある訓練場へと足を運んだ。

広々とした空間には甲冑を着た男達が何人も組手をしており、時折暑苦しいほどの雄叫びが耳に届く。

訓練場にはカルアの姿も見受けられ、何故か鞭片手に兵士達の様子を見守っていた。

「今思えば、カルアが見てくれてるから見に来なくてもよかったじゃん。俺よりもおっかない看守に見守られてちゃ特殊なプレイをお望みの人も息を荒らしながら頑張れるわな」

「特殊なプレイって何？」

「しまった、世の闇を知らない君にはまだ早い言葉だった」

若いうちに汚い言葉を覚えさせるものではなかった。

「あら、フィルじゃない」

その時、やって来たフィル達に気がついたカルアが二人の下《もと》に駆け寄った。

「……なぁ、あんまり聞きたくないんだけど、どうして一部の人間しか喜ばなそうな鞭を持ってるわけ？　そういうサービスでも始めた？」

「これを持ってると何故か兵士達のやる気が上がるのよね。試しに一発叩いてみたんだけど、お客さんには好評だったわ」

「好評の意味をこれほどまでに聞きたくない瞬間はねぇよ」

自分の騎士達にそういう人間がいると想像しただけで、なんか恥ずかしい思いをしてしまう。人の趣味はそれぞれだが、できればお断り願いたいフィルであった。

「騎士団の様子を見に来たんでしょうけど、そろそろ終わるわよ？」

「いんや、終わるんだったらそれでいいさ。リリィと遊ぶ前に衝撃事実が発覚した働き蟻さんの様子を見に来ただけだしな」

「じゃあ、これで遊べるの？」

「そうだな、特段やらなきゃいけない仕事も終わらせてあるし遊べるよ」

「なら、私もご一緒しようかしら。ついでに庭の草むしりをしているイリヤも呼んで」

「今更言いたくはないが、絶対魔術師にさせちゃいけない仕事を平然と振るカルアさん、マジぱねえっす」

「ぱねぇっす！」

恐らく、世のお偉いさんが聞いたら驚くだろう。

戦場をたった一人で動かせる魔術師を草むしり要員にするなど、恐れ多くてできたものではない。

ただ、お偉いさんの一人であるリリィはフィルが発した珍しい言葉を真似して続くように笑顔で言っているのだが。

「とはいえ、何して遊ぶか……ここ最近盛り上がったギャラリーさんがプライバシーさんを虐《いじ》めるし、あんまり街には行きたくな――」

「ほほう？　遊ぶというのなら私も交ぜてくれないかい？」

「「ッ!?」」

突如現れた声に、フィル達は思わず振り返る。

そこには艶やかな金髪を靡かせるシェリーの姿があり、昨日とは違ってラフなパンツとシャツという格好で、顔には興味がありありと浮かんでいた。

「び、びっくりした……気配消さないでくださいよ、ストーカーですか？　そんなに尻尾を追いかけ回したい子犬さんでもいたんですかね」

「別に気配を消していたつもりはないのだが、気になる男がいるのは確かだろうね。もちろん、王女がストーカーなどという不名誉なジョブチェンジには物申したいところではあるが」

シェリーは小さく肩を竦める。

その時、横にいたリリィがフィルの袖を引っ張って可愛らしく首を傾げた。

「フィルお兄ちゃん、この人は……？」

「そこのメイドには自己紹介をしたが君にはまだだったね――アルアーデ国第一王女、シェリー・アルアーデだ。初めまして、『人徳』に長けた王女殿」

「……王女」

シェリーが笑みを浮かべてリリィに手を差し伸べる。

それを受けて、リリィはおずおずと手を握り返した。その瞳に少し違和感を覗かせて。

「んで、いきなりドッキリ企画を始めたシェリー様はなんのご用件で？　突然現れちゃエキストラの驚く顔ぐらいしか用意できませんよ？」

「言っただろう、遊びに来るし諦める気もないと。しばらく近くの宿に滞在しているんだ、せっかくなら一人でおままごとするよりも知り合いと遊びたいと誰だって思うのではないか？」

「アキラメナイ……？」

「カルアさん、王女にしちゃいけない瞳でございます」

どうやら、何かがカルアの瞳からハイライトを消してしまったようだ。少しだけ首を傾けている姿が怖くて仕方がない。

「そ、それだったら一緒に来ている護衛と遊べばいいじゃないですか」

「あの二人は『カジノ探してくる！』や『わ、たし……お外、出たくない……』と言って相手にしてくれなくてね」

「確実に護衛の人選間違ってますよ」

「腕は確かだから仕方がないんだ。あれ以上の護衛は世界の量販店を巡ってもそうそう見当たらない」

まぁ、それは置いておいてと。

シェリーはフィルの顔を覗きこんで首を傾げる。

「して、何して遊ぶんだい？　どうせだったら背筋が凍るようなスリリングなものか知的欲求を満たしてくれるようなものだと私は嬉しいな」

「何言ってるんですか!?　そんなことしたらリリィが泣いちゃうじゃないですか!?」

「別に泣かないよ、私!?」

「俺、まだ育児には自信がないっていうのに……ッ！」

「だから泣かないってば！」

頬を膨らませ、ポカポカとフィルの背中を殴るリリィ。

絶妙に痛くはなく、むしろ心地よいぐらいの強度であった。

「ふむ……なら仕方ない。どうやら最近は自力で遊び道具を見つけないと遊んでくれなくなった風習に変わってしまったようだね。大人しく私は世間の流れに船を持って乗ることにするよ」

そう言って、シェリーは近くに転がっていた小さな枝を見つけて拾った。

それで遊ぶのだろうか？　フィルが疑問に思っていると、シェリーは唐突にその枝を殴った。

すると――――

『いったぁぁぁぁぁぁぁぁぁぁぁぁぁぁぁっ!?』

何故か、遠くの場所からそんな叫び声が聞こえてきた。

「……何したんです？　なんか平和で陽気な昼下がりに聞こえちゃいけない声が聞こえた気がしたんですけど」

「今のイリヤちゃん……？」

「石でも踏んづけたのかしら？」

「まぁまぁ、答え合わせを急ぐものじゃない。こういう正解発表を待つのもクイズ番組の醍醐味というものだ」

落ち着き払った態度をするものだから、フィル達は首を傾げるだけで大人しく待つことにした。

それが十秒、二十秒経つと、フィル達がやって来た屋敷の方向から小さな影がこちらに向かって勢いよく飛んでくるのを見つける。

「誰ですか!? こんなキューティクルつやつやな頭に嫉妬して手を上げたアホンダラは!? いいですか、私の体は高いんです！ 慰謝料の請求額に目を見開いても値引きしてやんねぇですよ!?」

空中で急停止をしたメイド服の少女が激高した状態で現れた。

何故こんなに怒っているのか？ とりあえずパンツ見えそうだなとフィルは思った。

「何を怒っているのよ、イリヤは？」

「あんたかフィル・サレマバートのどちらかですよね、私の頭を殴ったのは!? 後ろ振り向いても誰もいなかったんですから魔術でも使ったんでしょう!?」

「いや、私達はずっとここにいたわよ？」

「じゃあ誰が私を殴ったっていうんですか!? こういうお家芸ができるのはこの屋敷で二人だけじゃないですか！」

そこまで言われて、フィルはようやくもう一度シェリーの方に顔を向ける。

すると、シェリーは何やらドッキリ大成功とでも言わんばかりの満足げな表情を浮かべて指を立てた。

「どうだい、玩具《おもちゃ》をすぐに確保してみせる私の技量は？　世間の流行りにも乗り遅れないのが王女というものだ、えっへん」

「とりあえず謝っといたらどうです？」

まったく悪びれる様子のないシェリーにフィルはジト目を向けた。

（しかし、どういうネタだ……？）

シェリーが魔術師だということは本人から聞いた。

となると、今のもシェリーの魔術によるものだと推測できる。

だが、どういう方法で遠くにいたイリヤの頭を殴ることができたのだろうか？　そもそも視界にすら映っておらず、何かしら飛ばした形跡もない。

やったとすれば直前で木の枝を殴ったことのみ。

（考えられるのは対象に別のものに与えた現象を移せる魔術ってところか？　なんだよ、そのリモートで画期的な魔術。ご自宅で快適な戦争をってキャッチフレーズなんて主婦達大喜びじゃないか）

つまり、フィルの予想が正しければ遠隔で対象に攻撃が飛ばせるといったようなもの。

単純ではあるが、これが凄いものだというのは説明されなくとも分かるだろう。

何せ、「自分は安全圏にいるけどちゃんと相手を攻撃できるんですよ」ということなのだから。

相手からしてみればどこにいるか分からない敵を見つけない限りずっと攻撃され続ける――これほど理不尽で恐ろしいものはないはずだ。

(まぁ、それなりに制限とかデメリットとかはあるんだろうが、実証してみせた分だけでも厄介極まりないことには間違いないな)

フィルはシェリーを見ながら感心する。

一方で、感心を受けているシェリーは宙に浮いているイリヤに絶賛詰め寄られていた。

「あんたですか、私の頭を殴ったのは!?　年上グラマーだからってピュアな可愛さに嫉妬して手を上げるとかサイテーですよ!?」

「まぁまぁ、そんなに怒るもんじゃない。傍から見れば王女に詰め寄るこの構図は不敬にあたりかねないぞ?」

「むきー!　なんなんですかこのホルスタインは!?　反省の色が何色かなんて知らないんですかね!?」

「よし、玩具を用意できたことだし早速遊ぼうじゃないか」

「玩具って私のことですか!?　初対面でここまで失礼なの、この女以来ですよ!」

「失礼ね、私は飛び膝蹴りを顔にしただけでしょ」

「分かってます?　今の発言の方が失礼かつ非道ってことを!?」

とはいえ、カルアの場合は戦場で敵同士だったことから状況が違う。

別に失礼枠に入ることではないだろう。

「ま、まぁまぁ落ち着いてイリヤちゃん。この人も悪気があったわけじゃ――――」

「すまない、悪気はなかったんだが玩具はほしかった」

「悪気しかねぇじゃないですか、てめぇは！」

腕まくりをして今にでも喧嘩を起こしてしまいそうなイリヤ。

リリィが腰に抱き着いて一生懸命止めようとしているが、怒りは一向に収まる気配もない。

それは悪びれる様子もなく興味深そうに顎へ手を当てながらシェリーがイリヤを見ているからだろう。

「しかし、イリヤ・イルアデンの魔術はそのようなものなのか……」

「イリヤのこと知ってるんですか？」

「そりゃ、王国に比べれば小さい我が国では魔術師を雇うことなどざらにあるからね。力を売りにして金を稼ぐ魔術師というのはある程度リストに挙がっている」

王国は周辺国よりかは圧倒的に国力が大きい国だ。当然、その中には軍事力も含まれており、王国は自国内で魔術師を囲って戦争に駆り出している。

だが、他の国はそうではない。自国内で魔術師を補える国は少なく、大抵がイリヤのようなどこにも属していない魔術師を金で雇って戦争で優位に立とうとする。

そう考えると、シェリーがイリヤの存在を知っているのは何もおかしい話ではなかった。

「ふむ、見たところ飛んでいるというよりかは浮かんでいるな。となると、浮力といった水を用いるなどの遠回りなものではなく、単純に重力が君のテーマのようだね」

「な、なんですか……」

まじまじと見られているイリヤが少し警戒を始める。

「恐らく、重力に関しては幅広い応用が効くのだろう。向きや重さ、威力などの調整も可能。今現状私の体に異変がないということは自分の周囲ごく僅かで重力を操作できているということ。これだけ繊細な重力操作ができているのであれば、可能範囲はもっと広げられるだろうね。ざっと半径百メートルは届くか？」

「やめてくれません、ガチで私の魔術暴くの!?」

というより、この一瞬でそこまで把握してしまえるシェリーの洞察力に驚くべきだろう。

今回はイリヤが暴かれてしまったが、いつ自分達が暴かれるか分からない。

フィルとカルアは二人を見て「この人の前では使うまい」と心に決めた。

「すまない、なにぶん『探求』こそが私の理想でね。つい他人の魔術を見ると暴きたくなってしまうんだ。まったく、知的欲求には困ったものだね」

「フィル・サレマバート！　私、この人嫌いです！　特に悪びれずにまるで他人のせいみたいに言うところとか！」

「どうどう、落ち着け。仮にも相手様は頭《こうべ》を垂れる馬車馬の飼い主だ。俺に飛び火させるんじゃない、馬車馬にされちゃう」

「そうよ、少しは落ち着きなさいイリヤ。そんなんだと外見と相まって年相応に見えちゃうわよ？」

「それは私が子供って言いたいんですか、ぶっ潰しますよ!?」

ギャーギャーギャーギャー。イリヤがフィルとカルアの二人に突っかかるように揉め始める。

先程までシェリーに突っかかっていたのに、収まらない怒りは二人へ向いてしまったようだ。

それ故に、リリィとシェリーは蚊帳の外になってしまう。

「あ、あの……シェリー様……」

三人を他所《よそ》に、リリィは横にいるシェリーに声をかけた。

「どうしたのかい、リリィ王女殿下？」

「その、シェリー様も……魔術師、なんですか？」

恐る恐るといった様子に、シェリーは首を傾げる。

「どうしてそこまで緊張しているのかは分からないが、質問の返答であればイエスだ。私は探求を理想にした魔術師だよ」

「そ、そうなんですね……」

おずおずと、返答を受けてなんとも言えない返事をするリリィ。

何かまだ聞きたいことでもあるのか、口が何度も開いたり閉まったりと忙しない。

シェリーはリリィの姿を見て、またしても興味深そうな表情を見せた。

「どうやら、君はどちらかというと人見知りではなく自分に自信がないようだね」

「えっ？」

「コミュニケーション能力があるのは今までのやり取りを見たら分かる。初対面の私相手でも自然と横に立っていられるところを見ると人と話すことに対してはさほど抵抗はないのだろう。となると、どうしてそのように緊張してしまうのか？」

シェリーはしゃがんでリリィの顔を覗く。

「人が緊張する理由は大きく分けて二つ。会話に慣れていないか、言動に自信が持てないか。前者が消えたとなれば自ずと答えは出る」

「…………」

「すまないね、どうしても私は気になったことは突き詰めてしまう性格なんだ。人間、誰しも根付いたものを変えられない生き物だというのは知っているが、それは王族らしくないぞと忠告させてもらおう。我々は常に民を導き、道を示していく存在だ。それこそカラスは白いと間違った発言を口にしたしても、堂々としていなければならない」

そして、シェリーはリリィの頭にポンッと手を置いた。

優しく、柔らかい瞳を覗かせて。

「まぁ、頑張りたまえ。同じ王族として応援しているよ」

そう言い、シェリーは手を離す。

そろそろ三人のところに交ざろうか。そんなことを口にして足を進めた。

だがその時、寸前でリリィの手がシェリーの袖に伸びる。

「あのっ……も、もしよかったら……色々、教えてくれませんか？　例えば、どうしたら国民の役に立てるのか……とか……」

シェリーはリリィ発言に思わず目を丸くする。

何故いきなりそんなことを尋ねてきたのか？　初対面の相手で、他国の人間だというのに。

しかし、すぐさまシェリーは口元を緩めて袖を摑んできた手を握り返した。

「……これはちょうどいい」

「え……？」

「いいとも、せっかくしばらくここに滞在するんだ。知的欲求を満たしたあと、成果を披露したいと思うのも立派な探求だからね」

言葉の意味は、つまり首肯。

故に、嬉しく思ったリリィはこの時初めてシェリーに対して笑顔を見せた。

「ありがとうございますっ！」

――ただ同時に、シェリーにも同様の笑みが浮かんでいた。

その笑みの意味が同じなのかは、この場にいる誰しも分からない。

◆◆◆

時の流れというのは速いもので、あっという間に五日も過ぎてしまった。

そろそろサレマバート領は数ヶ月に一回の税の決算が行われるため、フィルはここ数日類を見ないほどの激務に追われていた。

おかげで外の空気とはなんぞやと首を傾げるほど執務室に籠《こも》らされ、時には睡眠も執務室で取るほど。

加えて『影の英雄』としての行動も残念ながら年中無休。暗部の誰かから通信があればすっ飛んでいってしまうため、疲労感はかなりのものだ。

それでも手を差し伸べに行こうとするのだからフィルの優しさも大概である。

――とはいえ、悲しいことに『影の英雄』のことや籠って真面目に業務していると使用人の皆は知らない。

前者はそうだろうが、後者であれば知っていそうなものだ。

それでも知らないのは、フィルが「別に一人でできるし、言わんでいいだろ」とのことで誰にも言っていないからだ。

表向きにはフィルではなく両親が行っているということになっている。

無論そんなわけではないのだが、だからこそ少し前までは『遊び人』だと陰口を叩いていたのだろう。

カルアも初めて決算の日に籠っているフィルを見た時は「言えばいいじゃない」と口にした。

それでも言わなかったのは今更という部分が強かったのかもしれない。

――とはいえ、そんな激務上等の決算を五日目にして終えたフィルはようやく解放され、現在自室にて寛いでいた。

「あー……死ぬしんどい。一躍有名になったアイドルも、実は家では社畜って知ったら世間の子供達はどんな夢を抱くのかねー？」

寛ぐといっても、力なくベッドに突っ伏している状態。

ちゃんと息ができているのかと心配になるぐらい綺麗に枕へと顔を埋めているフィルの声には覇気がまったく感じられない。

そんなフィルを見て、綺麗に林檎《りんご》の皮を剝いているカルアが小さくため息を吐いた。

「だから他の使用人に手伝わせればいいって言ってるじゃない。それか牧場に行って帳簿関係ができる社畜さんを雇ってくるとか」

「それでもいいんだけどさー、そうなってくると使用人に話を通しとかなきゃいけないじゃん？今更『一人でやってたんだよー、どやぁ』って恥ずかしくない？」

「なら来期も頑張りなさい」

「ひってーー」

ぶーぶー、と。枕越しにぶつくさ文句を口にするフィル。

完全に身から出た錆ではあるのだが、愚痴を零さずにはいられないようだ。

そんな仕方ない主人を見てカルアはもう一度ため息を吐くと、剝いて切り終わった林檎を皿の上に乗せてベッドへと腰掛けた。

「ほら、フィル。切ってあげたからこれ食べて元気出しなさい」

むくり、と。フィルは林檎の餌に釣られて起き上がる。

そして、カルアが一つ摘むとそのままフィルの口へと運んだ。

「はい、あーん」

「え、やだよ自分で食べるし恥ずかし――――」

「あーん」

「め、目がアアアアアアアアアアアアアアアアッッッ！！！」

この叫びだけで何がどうなったのか想像できるのが悲しい。

「おかしいわね、男はこういうのが好きって聞いたんだけれど。情報《ソース》が間違っていたのかしら？

やっぱりケチャップ？」

「己の過ちを悔いる前に食べ物で遊んだことを悔いやがれ……ッ！」

目が開けられないフィルは声音で反省していると知れたカルアに文句を口にした。届いているかどうかは知らないが。

「けど、どちらにせよ目が開けられないんだったら食べられないいし、大人しく食べさせられなさい」

「茶番に付き合わされた俺の目がいつか裁判起こしても知らないからな!?」

ふざけんじゃねぇよ、と。フィルは目を擦りながらも距離感を確かめるようにカルアの肩に自分の肩を寄せた。

それが嬉しかったのか、カルアの顔に幸福感満載の笑みが浮かんだ。

「はい、あーん♪」

「あーん」

林檎を咀嚼《そしゃく》する音が室内に響き渡る。

こうして大人しく食べてくれるフィルはいつになく子供っぽく映る。普段のおちゃらけてだらしない姿からは中々想像ができないものだ。

寝顔然《しか》り、子供っぽい姿然り、カルアはずっと見ていたいなと乙女らしいことを思う。

その時であった――

「やっと仕事が終わりましたか、フィル・サレマバート！」

ノックもせずにそんな声と共に勢いよく扉が開かれる。

姿を見せたのは最近見慣れすぎたメイド服のイリヤ。走って来たのか、腰まで伸びたサラリとした茶髪が少し乱れてしまっていた。

「真っ昼間からイチャイチャしてんじゃやねぇーですよ！　なんでここだけピンク色の空気が漂ってるんですか!?　換気しないと風邪引いちゃうんですからね！」

「べ、別にピンク色ってわけじゃ……」

「えー、今更照れるんですか……？　あんたらがお熱いのは周知の事実なんですけど？」

頬を染めて少し恥ずかしそうな姿を見せるカルア。

イリヤは乙女な姿を見て頬を引き攣《つ》らせてしまう。

「んで、小さな常識さんを容赦なく道端に捨ててノックもせずに入ってきたイリヤさんは俺に何用で？」

「怪しいんです！　すっごい怪しいんですよ！　本当です！　嘘じゃないです！」

「ふむ……主語が何一つないその発言だけで信じさせようとするお前は確かに怪しいな」

「自分で怪しいとか言いませんよね、普通!?」

とはいえ、主語が何もなければなんの話かまったく分からない。

「あの女です！　いやみったらしいいきなり来た女のことですよ！」

あの女……というのはシェリーのことだろう。

最近は決算で嬉しくもない引き籠りライフをしていたフィルは会っていなかったが、ここ数日どうやら遊びに来ているらしい。

どんな様子で何をしているのかまでは知らないが、とにかくイリヤはシェリーが怪しいと思っているのだと思われる。いつになく必死そうな姿が冗談で言っているような感じがしなかった。

「シェリー様の何が怪しいって？　あんまり初日に記憶に残したくない思い出を刻んだとしても、一時の印象で判断するのはダメだぞ？　シチューだって実はクリーミーで美味しいんだ」

「前まで嫌いだったものね」

「食べたら意外と美味しかった」

「フィル・サレマバートの食わず嫌いはいいんですよ！　とにかくこっちに来て実際に見てください！」

そう言って、イリヤは必死な顔で腕を振り上げた。

重力で持ち上げ、強制的に連れて行こうとしたのだろう。

すると――――

ドゴォォォォォォォォォォォォォォォォォォォォォオッツッ！！！　っと。

フィルが天井に、、、突き刺さ、、、っ、、た。

「…………」

「……あっ」

このあと、イリヤが二時間ほど説教を受けたのは余談である。

◆◆◆

天井へ頭突きを食らわされたフィルは「怪しい」の一点張りのイリヤに促されて中庭へとやって来ていた。

サレマバート伯爵家の屋敷はそれなりに広い。

中庭も散歩できるほどの敷地を確保しており、庭師によって毎日手入れされた綺麗な花が並ぶ景色を眺められるようテラスまで用意されている。

そんなテラスには、お茶会でもしているらしきシェリーとリリィの姿があった。

『さっきの質問だが、私の国では民主主義を掲げている。国民一人一人の意見を集め、相対的に並べ、王家の独断ではなく国民の一番大きい声に対して動いてもいいのかと判断し、問題なければ実行するというものだ。そうすれば、必然的に不満の声もなくなるのだが、何故か分かるかい？』

『だって、それが自分達の意見だから！』

『ふふっ、正解だ。とはいえ、デメリットももちろんあるのだが――――』

会話に花でも咲いているのだろうか？　大きさの違いこそあれど、両者ともに笑みを浮かべている。

フィル達はその様子を少し離れた物陰からこっそりと覗いていた。

「ねっ？　私の言った通りじゃないですか」

「ねっ、じゃねぇよ。どっから見ても仲睦まじい光景じゃねぇか」

とはいえ、イリヤの目には怪しいと映っているらしい。

リリィが嫌がっている様子はなく、シェリーも特段何かしようとしている仕草も見せない。

フィルからしてみれば怪しい要素など見つけようと思っていても見つかりそうになかった。

「確かに、別におかしなところは見当たらないわね。強いて挙げるとするなら、最近できたメイドの頭が少し……かしら？」

「それって私の頭がおかしいってことですか？　放送事故ギリギリまでぶっ潰しますよ？」

「やめろ、俺達はお茶の間の子供でも楽しめるように心がけているんだ」

小さい声で抑えているものだから冗談に聞こえない。

少しは仲良くできないのかね、と。板挟みのフィルはげっそりとした。

「でも、あの人見知りなリリィがあんなにすぐ懐くなんておかしいです！　まだ演劇が始まる前の顔合わせから一週間も経ってないですよ!?」

「友人Aもヒロイン役と出会ってすぐ仲良くなったじゃない？」

「私は超絶売れっ子の舞台役者なんです！」

「自分で言い切れる自信が凄いわ、実績ほぼ皆無なのに」

「まぁ、でも確かにイリヤの言うことには一理あるな……」

リリィは己の『人徳』のせいで一部の人間にしか懐かない。

ニコラの話を聞く限り、フィルに懐いたのですら「珍しい」と言うぐらいなのだ。そう考えると、魔術師であり敬うことをしないイリヤは分かるとしても、シェリーに懐く理由は中々見当たらない。

(そう考えると、アビはよくリリィに心を開かせたな。俺だってアビの話をしなかったら懐かれるかどうか分からなかったっていうのに)

アビ・ビクランが気さくな人間であったというのはフィルも知っている。

ただ、それだけでリリィが懐くものなのだろうか？　ハードルが高くなければニコラもあのようなことは言わないだろう。

つまり、気さくなだけではない部分でアビはリリィの心を開かせたということになる。

(昔から立場とかあんまり気にしねぇやつだったからなぁ。俺の時もそうだったし、それが一番大きかったんだろ)

いなくなってからお前は何をやっていたんだか、と。

フィルは自分で抱いた疑問に内心で結論付ける。

『とはいえ、これはあくまで私の国での話だ。王国で果たして通用するのか？　その部分には首を傾げる』

『そ、そうですか……』

『それを踏まえて、何が必要となるのか？　あくまで私個人の意見だが――』

何を話しているのか？　残念ながら距離が離れているため耳に届いてこない。

そのため、本当にイリヤの言う通り怪しいのかという部分が納得しきれないし否定もしきれなかった。

「むむ……っ！　あの女、偉そうな顔をしてウザいです。絶対怪しいです！」

「それ、単にあなたが嫌いだからでしょ？　ダメよ、好き嫌いはしちゃ。大人になって後悔するんだから」

「私は嫌いなままでも素敵なナイスバディになります。誰とは言いませんが、どこぞのカルア・スカーレットとは違って」

「おいこら、それを言うんじゃありません。確かに今は断崖絶壁、貧相な未開拓地、見渡す限りの水平線だが、どこかの世界線では実るほど美しい果実が胸部に生まれすみません目をグリグリしないでここは押し込める場所じゃないんですつぶらな瞳が引き出物になっちゃうッッッ！！！」

便乗するから目が無言で押し込められるのである。

頭を摑み、親指で無表情のままフィルの目を押し込むカルアを見て、イリヤは「ヒィ！」と思わず距離を取った。

「は、話は戻すが……まぁ、イリヤの言う通り俺もおかしい部分は少しあると思った」

カルアから目を離してもらったフィルは目を揉みながら口にする。

「だから、カルアとイリヤは可能な限りで構わないからリリィの傍にいてシェリー様と二人きりにさせないでくれ。俺も極力傍にいるからさ」

「じゃあ、早速私が行ってやりま——」

「待て待て、今からあの空気に割り込んだらそれはそれで怪しいだろ。あくまで自然に、だ」

先走って突撃しようとするイリヤの首根っこをフィルが摑む。

「それに、あなたは今から買い出しでしょう？　あとから融通は利かせてあげるから、今は大人しく与えられた仕事をやりなさい。話はそれからよ」

「ならカルアが今日様子見るか？」

「そうしたいところだけど、これから追い出しの予定があるのよね」

「強制退去？」

「フィルと婚約したいって貴族を、ね」

住んでもいないのに退去を願われるとは悲しい話だ。

「ってなると、俺か……まぁ、最近リリィと話せてなかったしちょうどよ——」

そう口にした瞬間であった。

フィルの脳内にこの場にいない者の声が響き渡る。

『『影の英雄』様、今少しよろしいでしょうか？』

――――『縛った相手との会話の自由』。

暗部の信頼のおける人間のみ対象とした、場所や時間、手段を問わない連絡方法。会話という自由を求めるがために生み出したフィルの魔術だ。

それによる通話が突然脳内に響いた。

『どうした？』

『今現在、王国の辺境にある村が盗賊に襲われていまして……』

『分かった、すぐ行く』

フィルはそれだけ伝え、通話を切った。

「すまん俺も用事が入った」

「少し間があったけど、もしかして……」

「いつも通り、人助けさ」

そうなってくると、現状誰もリリィの傍にいることはできない。

ただ、それも今から少しの間だけだ。カルアも追い出せばすぐに戻ってくるし、イリヤも迷わなければすぐに買い出しを終えられる。

そのことが分かっているからか、三人は物陰から気づかれないようにゆっくりと離れた。

「なるべく早く追い出すようにするわ」

「丁重に扱えよ……雑に扱って傷ついたら下心丸出しの子供が泣くだろ」

「私もちゃっちゃと終わらせるです！　この際、目的の物を買えなくても！」

「そこは買ってこいよ、行く意味ねぇだろ」

――別に、慢心も警戒も怠っているわけではない。

しっかりとリリィのことを慮ってはおり、何かが起こらないよう事前に行動に移そうとしたが故の判断だ。

何せ、相手は魔術師。

外交問題や王女としての立場を無視してでも理想を追いかける異常者だ。

警戒するに越したことはない。

相手の理想が『探求』という、害がなさそうなものであっても、だ。

◆◆◆

「しかし、君は勤勉だね」

コトッ、と。シェリーがテーブルにカップを置く。

「そ、そんなことないですっ！」

「君はまだ若いだろう？　それなのに、こうして今のうちから民の役に立とうとする気概は見事なものだ」

「でも、私はなんにも役に立ててないですし……」

リリィが悔しそうに表情を歪める。

吹き抜けた風が心地よく陽気のいい昼下がりには、似合わない顔であった。

「そうであっても、その欲は素直に好感が持てる。自分も近しく、目的のためなら頑張ろうという気持ちがあるからね」

「えへへっ……シェリーさんに言われると、少し元気が出てきます！」

リリィの表情に笑みが戻る。

「ニコラお姉ちゃん達には聞き難《にく》かったですけど、こうしてシェリーさんに教えてもらえて……本当に感謝しています」

シェリーは国こそ違えど王族である。

それも唯一の王位継承者という立場であり、王が健在ながらも国のために活躍してきた熟練の先輩のような人だ。

身内に聞くのは悩みを打ち明けるようなもの。

プライド云々《うんぬん》ではなく、年頃の恥ずかしさや負い目が親しいものへ教えを乞《こ》うことを邪魔していた。

そんな時に現れたのがシェリーだ。

どうしたら国民の役に立てるのか？　非力で取り柄のない自分はどうすればいいのか？　後輩として色々なことを打ち明け、質問できる存在はリリィにとって嬉しいものであった。

「気にしないでくれ、私としても充分メリットがあることだからね」

「それは前に言っていた知的欲求を満たすことですか……？」

「それもある、が……まぁ、それだけで完結するにはあまりにも惜しいね」

シェリーが徐《おもむろ》に立ち上がる。

一体どうしたのだろうか？　そう疑問に思っていると、不意にシェリーが顔を近づけてきた。

「あ、あの……」

「いいかい？　色々言ったが、一つ君の『国民の役に立ちたい』という目的《理想》を叶える上で最も効率的で効果的なことを教えてあげよう」

そして、シェリーがそっとリリィ顔に手を添える。

透き通った深紅の眼差しが眼前に迫った。吸い込まれそうな、飲み込まれてしまいそうな瞳。端麗な顔立ちに見惚れるとは少し違う、脳内が瞳の色に染められていくような。

先程までの頼れる先輩としての空気が一気に霧散したような感覚を覚えた。

だからこそ、リリィは徐々に今まで他人から感じていた『怯え』が胸の内を占め始める。

「シェリーさん、何か――」

「渇望だよ、己が理想を果たさんとする、強い力さ」

何故か、怖い。

何もされていないのに、ただ顔を覗かれているだけだというのに、怖い。

一体どうしてしまったのだろうか？　何故急に雰囲気が変わってしまったのだろうか？

リリィは腰を上げようとする。

脳内に不思議な警鐘が鳴り響き、今すぐここを離れなければという直感が働いた。

「君の意欲は正《まさ》しく渇望だよ。それもいいラインを踏んでいる……これなら、私やフィル・サレマバート、それこそ君のお友達であるイリヤ・イルアデンなんかにも届きうるだろう。そして――」

アビ・ビクランにもね、と。

シェリーは笑った。笑いながら、リリィに見せたことのない上気した頬を見せる。

「ど、どうしてシェリーさんがアビお兄ちゃんを知ってるの!?」

「どうしてって、彼は最も魔女に近づいた男だぞ？　現在想いを寄せている題材であるなら、私が知らないわけがないじゃないか」

そんなことよりも、だ。

シェリーはリリィの顔に手を添えたまま、そっと耳元でこう口にする。

「さぁ、私と一緒に魔女を拝もう。そうすれば、君は理想に近づける」

その瞬間、リリィの意識が暗転した。

探求から始まる一件

――屋敷に戻って来る頃にはすっかり日も暮れ、夜に差し掛かっていた。

「ま、まさか盗賊の中に魔術師がいるなんてな」

誰もいないフィルの部屋に黒く底の見えない影が突然浮かび上がる。

そこからゆっくりと、フィルは這い上がるようにして姿を現した。

表情には少しばかりの疲れが滲んでいるように見える。今までとは少し違い『影の英雄』としての人助けに苦戦してしまったのだろう。

ただ、こうして姿を見せたということは無事にことを終わらせることができたということ。

フィルは部屋へ這い出ると、羽織っていたマントや仮面を外して乱雑に放り投げた。

「疲れた……さっさと風呂入ってこよ。臭いまま寝るとカルアが寄ってきてくれなくなるし」

まだ皆は寝ていないはず。それどころか、いつも通りの時間でいくのであれば今から夜ご飯だ。

お腹も空いたし、綺麗にしてから食べて寝るとしよう。

そう思い、フィルは部屋着に着替えて部屋を出ようと扉に手をかけた。

すると――

（ん？）

扉の向こうから、忙《せわ》しくも荒々しい足音が聞こえてくる。

フィルは気になり、そのままドアノブを捻《ひね》って外へ顔を出した。

「騒がしいな」

こんな時間に騒ぐなど珍しい。だからこそ、余計に何があったのか気になってしまう。

そう思っているところに、通りすぎようとしていた使用人がフィルを見かけて慌てて近寄った。

「フィル様！　どこに行かれていたんですか⁉」

「いや、ちょっと街にな」

『影の英雄』として誰かを助けていましたなどと正直に答えるわけにはいかない。

この期《ご》に及んでまだフィルは『影の英雄』だということを使用人には黙っているのだから。露見しているかどうかはさておいて。

「それより、なんかあったのか？　やけに屋敷が騒がし――」

「リ、リリィ様がい、い、いなくなったんです！」

は？　と。突然の報告にフィルは思わず呆けてしまう。

リリィがいなくなった。今まで屋敷を出ようとしなかったあの王女が、だ。しかも、自分がいなくなったこの半日の間に。

信じられなくても、使用人の焦り具合を見ればそれが嘘ではないのだということは理解できる。

フィルは沸き上がった動揺を抑え、鋭くなった瞳のまま尋ねる。

「何がどうなってそうなってるんだ？　目を離した隙に誘拐された、なんてマヌケなオチはねぇだろうな？」

「た、確かに目は離しておりました……しかし、目を離していたのはテラスでお茶を嗜《たしな》まれている時だけです！　それに、警備の者も怠らず警戒しており、リリィ様は目撃していないとのことです！」

「それなのにいなくなった、のか？」

だとするとおかしな話だ。

フィルの屋敷は常に正門を警備の騎士が監視しており、他に出口もないので屋敷を出るなら必然的に遭遇することになる。

それなのに顔を見ていないとなるとどうやって屋敷を出たのか、ということになる。

騎士や使用人が嘘をついているとは思えない。何せ、王族であるリリィが仮にも誘拐されたとなれば自分の身がどうなるかなど分かり切っているはずだ。そもそも、メリットなどどこにもない。

「げ、現在騎士は街を含めた周囲一帯を捜索しております。カルア様のご指示で、なるべく領民に悟られないように行動させておりますが……」

「それで、そのカルアはどこに行った？」

「騎士達と一緒に捜索にあたっております。イリヤさんも同様です！」

騎士だけじゃなくカルア達も捜索に行かせるのは正解だ。

カルアが被害を考慮せず街を走り回れば早く見つかるだろうし、イリヤも上空から捜せば効率もいい。もしフィルがその場にいたのであれば同じように指示をしただろう。

（ただ、昼にいなくなったことに気がついてから今の今まで見つからないとなると、カルア達でも見つけられていないということだ。つまり、こっそり抜け出して迷子……という線は薄くなった）

想像もしたくなかったが、話を聞いた限り誘拐ということになる。

一体誰が？　なんの目的で？　早く見つけないと、という疑問と焦りがフィルの脳内に渦巻く。

（……落ち着け、焦っても現状は変わらない。そうなると、近くにいる暗部の人間に片っ端から連絡を取って捜す手を増やすしか――）

そこまで考えた時、ふと思考が止まる。

リリィはテラスでお茶をしていたはずで、それ以外は目を離していなかったという。

状況的にはテラスでお茶をしていた昼下がりに誘拐されたと見るべきだ。それならカルアやイリヤがいてみすみす誘拐されたなどという結果も納得できる。

なら、その時一緒にいた人間は何をしていた？


シェリー・アルアーデは、一体何をしていたのだ？


フィルの脳内に浮かんだもやもやとした違和感が徐々に鮮明になってくる。

だからこそ、フィルは「あってほしくはない」という思いのまま使用人に尋ねた。

「おい、シェリー様はどうした？」

「そうなんです！　シェリー様もいなくなったんです！　そのため、今はリリィ様と合わせて捜索をしております！」

「……分かった、お前らはそのまま捜し続けろ。俺も捜す」

分かりました、と。使用人は状況が状況だからか、大きな声で言うとそのまま廊下を走っていった。

その背中を見送ると、フィルは足を戻してもう一度部屋へと入っていく。

扉を閉めた途端、明かりの灯っていない室内にフィル一人だけが広がる静寂に溶け込んだ。瞳は鋭くどこか黒い怒りのような不気味さが滲んでおり、口元は少し綻んでいる。

あぁ、笑っているわけではない。

ただ、抑えきれない感情が溢れ出て抑えきれなくなっているだけだ。

(魔術師であるシェリーがそこいらの人間に負けるとは思えねぇ)

どんな相手であっても、戦場を動かしてしまえるほどの力を持った魔術師がやられるわけがない。

もし、百歩譲って相手が魔術師であっても、激しい戦闘音で屋敷にいる誰かしらが気づき駆けつけるだろう。それ以前に、誘拐されそうになったらリリィもシェリーも叫ぶはずだ。

だが、そうはならなかった。

つまり――

「騎士達が見てねぇって言うんなら、魔術で攫《さら》うしか方法がないだろうがクソッタレが」

フィルは脳内で暗部の人間にコンタクトを取り始めた。

やることは決まっている。どんな形であれ、まずはリリィを見つけることが先決だ。

そして、見つかったのであれば。

「てめぇの目的は何かは知らねぇが、リリィに手を出したこと……絶対に後悔させてやる」

あいつは俺の懐に入った大切な人間だぞ、と。

フィルは怒気を纏《まと》った表情のまま、その言葉を吐き捨てた。

敵は魔術師でありながら国を治める――一国の王女だ。

◆◆◆

頭がクラクラする。

ゆっくりと意識が戻ってきて最初に感じたのは揺さぶられるような感覚であった。

瞳を開けると、薄暗い何もない空間……というよりも、何も整備がされていない洞窟のような場所。あちらこちら岩のような壁に覆われていて、ところどころに松明がぶら下がっている。

広さは少し走り回れるほどで、誰かが残していったのか古い椅子や机が乱雑に転がっていた。

――ここはどこだろ？

リリィは辺りをもう一度よく見回すが、知っているような場所ではなかった。ただ分かるのは、間違いなくフィルの屋敷ではないということだ。

「やぁ、目覚めたかい？」

カツン、と。正面から反響するような足音と声が聞こえてきた。

顔を上げると、薄暗い空間からゆっくり一人の女性が姿を現す。

松明によって淡く輝く金の長髪に、陰りを見せる端麗かつ美しい顔立ち。服装は記憶にあったラフな格好のままだ。

――ここはどこなの？

尋ねようとして気がつく。

声が、出ない。

お腹から大声で叫ぼうと試みるものの、そもそもお腹に力がまったく入らなかった。

「あぁ、声が出ないのか。まだ探求が足りなかったか？　意識を奪うところまではよかったが、まさかデメリットがこのようなところで表れてくるとはね。使い勝手が悪いように思えるが、そこは配慮されていなかったのかな？」

心配することもなく、シェリーはそこらに転がる椅子を起こしてリリィの前へと座る。

それどころか少し鼻歌まで歌っているではないか。

――どうしてそんなに落ち着いているの？　ここ、知らない場所だよ？

リリィは詰め寄ろうと足に力を入れるが……入らない。

下を向けば、自分の体がだらしなくも放り投げられたように地に付いていた。背中と下半身に伝わる冷たさから察するに、自分は壁にもたれ掛かるように座っているのだろう。

呼吸はできる、顔も見回せるぐらいには動かせる。

でも、それだけだ。

――な、なんで力が入らないの!?

声も出なければ力も入らない。場所も分からなければシェリーが平然としている理由すら分からない。

リリィの頭の中が大量の水を流し込まれたかのように疑問で埋め尽くされる。

「声が出ないのなら仕方ないな、一人で勝手に君の疑問を察して答えよう。安心したまえ、こう見えても洞察力には長けている。といっても、その顔を見る限り抱いている疑問など誰でも安易に想像できそうだがね」

シェリーはにっこりと笑う。

わずかな光しかない空間だからか、端麗な顔に浮かぶ笑みからは不思議と不気味さしか湧いてこなかった。

薄暗く、どことも分からない空間でシェリーの声が反響する。

「まず一つ目、『ここはどこだ?』。それは私にも詳しいことは言い兼ねる。何せ、適当に見つけた洞窟に勝手に入っただけだからね」

――どう、くつ?

「それに付随する疑問だが、どうしてここにいるのか? まぁ、頭にお花畑が広がっていなければ誰だってもう見当はつくだろうし、言わなくてもいいかな」

そんなの言われなくても分かっている。

ここまで来れば誰がここまで連れてきたのかなど問いただすまでもない。いくら幼いリリィでも、目の前の相手が被害者だとは思っていない。

先輩で、どこか姉のような存在……だと、思っていたのに。

「二つ目、『何故自分は声も出なければ力も入らないのか？』。それに関しては企業秘密だ。開示したところでメリットはないし、私に対するデメリットが多すぎる。女は秘密の一つや二つある方が魅力的に映るそうだ、とりあえずそういうことにしておいてくれ」

さて、肝心な疑問に答えよう、と。

シェリーは足を組み替えて真っ直ぐにリリィを見つめる。

「『どうしてこんなことをしたのか？』。今回のことではかなりの大切な疑問だ。ここを話さないと物語も円滑に進まない。ただ予め《あらかじ》言っておくと、別に身代金だとか戦争を起こそうとか演出的に盛り上がる陰謀もなければ壮大な伏線を張るわけでもない。単純で、簡潔で、他者から見れば本当に小さな動機だよ」

そして、シェリーはこう口にする。

「私はね、魔女に会いたいんだ」

小さな、本当に小さな動機。

国を揺るがす陰謀もなければ、誰かを助けたかったという涙ぐましい話でもない。

ただ、会いたかった――それだけの、シェリーの願望。

「魔術師は生まれながらに魔力なんてないんだ」

リリィの疑問を待たずして、シェリーは言葉を続ける。

いきなりなんの話をしているのか？　王女という立場を除けばただの女の子でしかないリリィにとっては増えていく疑問の一つであった。

「当たり前だろう？　同じ人の子に生まれて、ほぼ同じ世界に生まれて、異種族とも交流をしていない人間にどうして差が生まれる？　身長、体重、顔、体格、声音、性格、それらは遺伝子や環境によって変わるが、大きな視点で見ればそれは些事であり誤差の範囲だ。それなのに、何もないところから火を生み出せるような力が、なぜ一部の人間にだけ生まれた瞬間プレゼントされるのかな」

――言われてみればそうだ。

リリィの近くにも魔術師がいる。その人間は自分の身内で、同じ親であり同じ環境で過ごしてきたはず。

それなのに、どうして魔力という力を得て魔術師となり得たのか？

魔術師は生まれながらに魔力を持った者が己だけの魔術を編み出し、理想を叶えるために魔術師となったと言われている。

だがそれだと確かにおかしい。

何が、どの基準で違えば魔力が生まれるのか。

もし前提が違えばその疑問も少しは和らぐ。生まれは一緒、何かの基準を踏んだことにより魔術師になった。

そう考えれば、如何《いか》にも自然であり得る話だ。

——けど、どうして今そんなことを言うの？

もしかして、と。リリィは言葉の端に出てきた単語を拾わされる。

「無論、魔術師になるには一定のラインを踏む必要がある。私然《しか》り、フィル・サレマバート然りイリヤ・イルアデン然り、カルア・スカーレット然り、皆全て例外なくラインを超えて今の自分になった」

シェリーがもう一度にっこりと笑う。

「魔女に出会う……たったそれだけのことさ」

——魔女？

「そう、魔女だ。魔女は出会った者にこの世の技術では解明できない魔力を与え、何も残さず去っていく。君のような一般人でも、私達のような魔術師でさえその全貌は分からない。ただ分かることは……理想を渇望した者の前に姿を現すということのみ」

笑みを浮かべたまま、シェリーは立ち上がってリリィへと近づく。

徐《おもむろ》に手を顔に添え、吸い込まれるような揺れる瞳でリリィの透き通った瞳を覗いた。

「私はね、そんな魔女を解明したいんだ。誰も知らない、動機も分からない、素性も理解できない……そういった魔術師誕生に関わる最大の謎を探求したい。探求して、この知的欲求を満たしたたい」

揺れる、瞳が揺れる。

いつの間にかシェリーの頰は朱に染まり、恍惚《こうこつ》とした表情が浮かび始めた。

「未知とは人間の格好の餌だ！　そそられ、興味を抱かずにはいられないっ！　食いついて、貪り尽くして、丸裸にして、骨の髄まで舐め回して、そうすることでようやく飢餓が満たされる！　知識に飢えた悲しい女のお腹はいっぱいになるんだ！　私は未知の餌を食べたいんだ……魔女という、最大級のご馳走を！」

そのためには、と。シェリーはリリィの耳元でそっと囁く。

「君には理想を渇望してほしい。そして魔女を呼んでほしいんだ……大丈夫、君になんのデメリットもない。むしろメリットしかない美味しい話だ」

――怖い、怖い。

何がとは言わない。

ただ目の前にいる女性が、己の常識を超えてくる。

「国民の役に立ちたい、立派な理想じゃないか」

しかし、シェリーはリリィを放さない。

逃がす気など、毛頭ない。

自分は王女で、誘拐など間違いなく国家間の問題になるというのに。

「さぁ、その理想を渇望したまえ」

何をされているわけでもない。

それでも、目の前の異常者が……怖かった。

◆◆◆

日も暮れ、徐々に視界が闇に飲み込まれる頃。

カルアは街から少し離れ、サレマバート領の周辺を周囲を気にせず駆け回っていた。

一歩を踏み出す度に木々が揺れる、音がしたあとに鳥や生き物が何事かと慌ててその場を逃げ出し、草木を薙ぐように突如風が現れた。

カルアの魔術は自身が動き続ける限り速度が上がっていくというもの。

走り始めたのはわざわざ遠路遥々やって来た貴族を追い返してからすぐ——ちょうどシートでも敷いてお菓子を食べる時間帯だ。

それから走り続けているともなれば速度は亜音速を優に超えている。

目では当然追いつけない。

雷は光ってから音が届くように、音が聞こえた時点でカルアはその場をすでに離れている。

だからこそ走る度に周囲に甚大な被害を及ぼしているのだが、今はそのようなことを気にしている暇はない。

(早くリリィ様を見つけないと)

とはいえ、亜音速を超えている速さで数時間もサレマバート領の中……人のいない場所を捜しているのに見つからないとなれば捜している場所が悪いのだろう。

すでにかなりの場所を捜して回っている。いなくなってからそれほど時間が経たない状態で捜し始めたことからして、カルアの足でも捜し切れないほど遠い場所に行っているとは思えなかった。

(一度イリヤと合流しておこうかしら)

無論、カルアだけでリリィを捜索しているわけではない。

騎士やイリヤとも一緒に捜索しているため、もしかすればすでに見つかっている可能性だってあった。

そうなった時の状況を想定して、予めイリヤとは合流地点を設定してある。

以前フィル達と手合わせするために赴いたあの山の開けた場所だ。あそこなら互いに記憶が新しいため覚えているし、カルアが急いで向かったとしても被害は出ない。

(一番いいのはイリヤがすでにリリィ様を見つけて屋敷へ連れ帰ってくれていることよね)

王女が滞在中に誘拐されたとなれば大問題だ。

屋敷の人間だけではなく自分も、フィルも、それこそフィルの両親ですら確実に責任を問われる。

それ以前に、親しくなった女の子が誘拐されたとなれば人として心配しないわけがなかった。

カルアの脳内は常にリリィに対しての心配。大丈夫だろうか？　その不安がカルアの足を突き動かす。

——カルアが山の開けた場所に辿り着くまでそれほど時間はかからなかった。

何せ、速さのみに特化させた異端の力を扱う魔術師。

時間にして数分。先程までサレマバート領の端にいたのにもかかわらず、視界にはすでに見覚えのある風景とフィルが子供の頃に遊んでいたという洞窟が映った。

（……ん？）

カルアは辿り着いた直後、ふと足を止める。

洞窟の前、人が滅多に訪れないとフィルが言っていたその場所に一つの小さな影があったのだ。

イリヤが先に着いて待っていたのか？　そうふと湧いた思考もすぐに掻き消える。

何せ、その人影は黒を基調としたゴシックな服装に小さなくまのぬいぐるみを抱えた少女で、イリヤとは容姿が似ても似つかなかったのだから。

それどころか、あの顔は——

（シェリー様の護衛の子、だったわよね？）

そう記憶が一致すると、カルアの警戒心が一気に膨れ上がる。

カルアとて馬鹿ではない。今まで策謀と貪欲渦巻く社交界に身を置いてきたカルアがフィルの至った結論に辿り着かないわけがなかった。

——恐らく、誘拐した人間はシェリー・アルアーデ。

その護衛がいるとなれば、何かしら関わっているに違いない。護衛の人間が主人の動向を知らないわけがないのだから。関わっていないとしても、何かしら有益な情報が手に入るはず。

カルアはゆっくりと少女に向かって足を進める。

数歩踏み出し、枯れ木を踏んだ瞬間、少女は音に反応してカルアの存在に気がついた。

「よ、そうとは……だいぶ、早いんだけ、ど……姫様、の……嘘つき」

少女がぷくーっと頬を膨らませる。

だが、カルアは気にせず足を進めた。

「ねぇ、あなた。ちょっと聞きたいことがあるのだけれど」

「あなた、じゃない……よ。わた、しは……アミって、名前が……あ、る……」

「アミ、ね。名前は申し訳ないのだけれどこの際気にしている暇はないの。アミはあなたのところの王女様の居場所を知らない？」

「し、らない……よ？」

「そう」

なんて、素直に信じるわけもない。

何せ立ち塞がるように洞窟の前へと立っているのだから。護衛のアミがこんな人気《ひとけ》のない場所に突っ立っている理由など探す方が難しい話だし、普通に考えれば奥に行かせないために立っているというのが妥当。

この状況、この場所、この相手。無関係だと思うことなどできるわけもなかった。

だからカルアは一瞬で地を駆ける。

目指すは洞窟の奥。アミの横を通り過ぎて先へと向かう。

護衛というからには恐らく魔術師なのだろうということは分かっている。それでも、初速で音速に匹敵するほどの自身の動きに追いつけるとは考えられなかった。

一歩を踏み込む頃にはアミの横。そして、奥へ向かうためにもう一歩と地を駆けた。

だが――

「ッ!?」

視界が一気に移り変わる。

音速に匹敵する速さであれば景色が変わるのも当たり前だが、別にそういうわけではない。

踏んだ場所は、何故か地を駆ける前にいた場所だった。

「い、ま……あま、り……見えなか、ったけど……もしかし、て……奥へ行こうと、した……？」

アミが驚いたようにカルアへ視線を向ける。

しかし、驚いているのはカルアも同じだ――一瞬にして自分が元いた場所へと戻されたのだから。

（どういう原理？　指定個所《かしょ》にワープさせる……って魔術なのかしら？）

魔術師に常識は通用しない。

あり得ないと思っていても理想を叶えるためならなんでもテーマに置き換え、魔術を編み出すのだから。魔術師と相対した際は偏見こそ仇《あだ》になりかねない。

カルアはもう一回と洞窟の奥へ向かって駆け出した。

そして、横を通り過ぎて洞窟の中に入った瞬間、またしても同じ位置に戻される。

「あの、ね……？　多分、なんか、いも……奥に行こ、うとしてる、かも……だけど、無駄……だよ？　私、動かな……い、もん……」

何を言っているかは分からないが、カルアは頭の中で状況を整理する。

(今の発言を聞く限り、あの子が動かない限り私の行動範囲は限られる？　恐らく、まったく動けないわけじゃないし一定範囲に縛り付けるようなもの。ラインを越えたら初めの場所に戻される)

つまりは奥に行くためにはアミをどうにかしないといけないということだ。

単純明快のように思えるが、そう簡単な話ではない。

何せ相手は魔術師。こんな単純なことで理想を叶えようなど思っていないはず。

(まだ、何かある)

しかし、今は見えないタネに怯えて警戒している時間はない。

なるべく早くリリィの下《もと》に駆けつけて救出しなければあの子がどんな目に遭ってしまうか分からないのだ。

(だったら、一撃で――)

屠《ほふ》る。

今更部外者かも？　という理由で拳を振るうことに躊躇なんかしない。

カルアは初速のトップスピードでアミに肉薄する。速度が上がる前のカルアの速さは辛うじて目で追える程度だ。いきなり眼前に迫ったカルアにアミは思わず目を見開く。

そんな驚きなど無視して、カルアは懐に向かって躊躇《ためら》いなく拳を思い切り叩き込んだ。

すると――

「「かハッ!?」」

くの字に折れ曲がる。アミとカ、カ、カルアが。

（だ、から……どういう理屈よ!?）

どうして同じように腹へ重い痛みが走ったのか？　とりあえず、カルアはもう一度とアミの首筋へ蹴りを放つ。

「「ッ!?」」

アミの体が大きく横へ吹き飛ばされた。

しかし、カルアの首筋にも再び衝撃が走り、なんとか足を踏ん張ることで堪え忍ぶ。

とはいえ、カルアは走る痛みに表情を歪ませながらも小さく舌打ちした。

――これは、かなり面倒臭い。

「目でお、えない……よぉ……痛い、し……でも、私は肉体を、強化してる……から、だいじ、ぅぶ……」

ゆらりと、ぬいぐるみを抱き締めたままアミが起き上がる。

「私だ、け……痛い、のは……不公平、だよ……？　だか、ら……平等に、ね……」

流石に二回も同じようなことが起きれば嫌でもどういう理屈なのかが理解させられる。

お腹に与えられた衝撃、首に走った痛み。そのどれもが、今しがたカルアがアミに叩き込んだものだ。

つまり、痛みの共有。発した言葉を借りるなら公平に痛みを与えたというところだろうか。

「確かに、あな、たは……速い。けど……わた、し……の方が、強い……か、ら……」

アミは懐から小型のナイフを取り出す。

そして、徐に抱き締めていたぬいぐるみの腕へと突き刺した。

「〜〜ッ!?」

その瞬間、カルアの腕に痛みが走った。

まるで、腕に刃物を突き刺されたかのような――

「なるほど……あなたの魔術はあなた以外のものでも感覚を共有させるのね」

「正確、に言うと……起こった事象、を……同じように、与え、る……もの、です。くまさん、に
……痛み、は……ない、から……」

「それは厄介ね」

本当に厄介だ。自分が相手に対して何もしなくともぬいぐるみに刃物を突き立てるだけで相手を傷つけることができるのだから。

カルアは腕を押さえながら手につく濡れた感触に顔を引き攣《つ》らせる。

(単なる痛みだけじゃなくて実際に傷がつくのね)

もし、あのままぬいぐるみの首を斬り付けられたらどうなるだろうか？

即死、即殺。そんな未来が容易に描ける。

ようやくそれらしくなってきた。


――これが魔術師。


一人で戦場を動かしてしまえるほどの力を持った異端者の魔術。

「あきら、めて……帰って、くれ、ない……ですか？」

だが、それはカルアとて同じこと。

「だっ、て……あなたに、勝ち目……は……ッ!?」

そう口にした時、アミはまたしても思わず目を見開いてしまう。

触れることなく対象を傷つけられる魔術師を相手に勝ち目はないはずなのに、いきなり視界へカルアが姿を現したのだから。

「というか、あなたの魔術ってどこかで見たことがあるのよね」

「な、んで……ガッ!?」

どうして立ち向かってくるのか？　そんな疑問を待たずして、カルアの蹴りが顔面に突き刺さる。

それだけではなくすぐに脇腹へと拳が突き刺さり、これが幕開けだと言わんばかりに殴打の嵐がアミに襲い掛かった。

「わ、たし……は、肉体、強化……してる、のに……ッ！　このまま、殴って、も……先、に……倒れるのは、あ、な……ッ!?」

「別にあなただけ身体強化をしているわけじゃないわよ？　私だってもちろん魔術に入ってるわ、肉体強化」

カルアの魔術は速さを上げるという単純かつ強力なものだが、その速度に上限などない。

そのため、速さを上げ続ければいずれ空気や触れた物体によって肉体が粉々に砕け散ってしまう。

故に、カルアは速度に堪え切るために肉体強化も魔術に組み込んでいる。

単純な肉弾戦においても、カルアの肉体強化は表面で現れ続けるのだ。

「確かに、私はこのまま回れ右して帰った方が楽かもしれない。一刻を争う状況だけど、私の英雄《ヒーロー》さんなら駆けつけてくれるって信じてるから両手合わせて祈りながら帰りを待つ選択肢もあるわ」

カルアの体に初速でありながらも音速に近い速さで乗った掌底がアミの顎へ撃ち込まれる。

「けど、たまには私だって英雄《ヒーロー》になってみたいのよ」

フィルがこのような事態で何もしないわけがない。

あの英雄であればきっと、誘拐された女の子の前に颯爽とした演出を加えて姿を現してくれるに違いない。

そう確信できるのは自分の時にそうだったから。

とはいえ、他者に縋るなどといった考えに縋るほどカルアはお淑やかな女の子ではない。

「まぁ、英雄《ヒーロー》なんて柄じゃないから、客観的に見れば今はその道を開けるポジションでも大丈夫なのだけれど」

「ば、か……じゃ、ない、の!?」

肉体強化をされているとはいえ、痛みを感じないわけではない。

カルアが一撃を叩き込む度に、両者それぞれに激しい痛みが体を襲う。

「立ち塞がるなら容赦はしない」

それでも、小さな女の子を助けるためにカルアは拳を握った。

「さぁ、我慢比べでもしましょうか。どっちが早く倒れるか――今時珍しくもないチキンレースの始まりよ」

「負け、ない……ッ！」

◆◆◆

『寄り添い』を理想とした魔術師。

『公平』を理想とした魔術師。

まず先に相対したのは、そんな二者の魔術師であった。

「少し目を離した瞬間にこれですよ……ッ！　フラグだったんですかね、あのリリィに対する王女さんの一連の行動は！」

己の中に溜まった鬱憤を晴らすかのように叫ぶイリヤ。

あまりに大きな声だから周囲が思わず目を向けてしまいそうなものだが、残念ながらそのようなギャラリーは見当たらない。

何故なら、現在イリヤは街の上空を浮遊しているからである。

それも最近できた友人を捜索するためだ。遮蔽物関係なしに効率よく捜すのであれば上から捜すのが最適解なはず。

なのだが、あれから数時間――日が暮れ、街灯が灯り始めた頃になってもリリィの姿は見当たらなかった。

「……まぁ、建物の中にいたら捜しようもないですし、見つからねぇっていうのも納得はできます」

それに、自分だけでなくカルアや騎士達も一緒になって捜索している。

自分が見つけられていないだけで、とっくの昔に見つかっている可能性だってあった。

「とりあえず、あの女と合流だけでもしておくです」

イリヤは納得し切れない表情で重力の向きを横へと変え、先日訪れた山の方へと向かう。

上空は遮蔽物もないため、スムーズに最短距離で向かえる。といっても、鳥や激しい風によって邪魔されることもあるが、今日という日は特段そのようなこともなかった。

傍から見れば横へ飛んでいるように見えるイリヤも、実際は屋上から飛び降りた時のようにただ落下しているだけ。

艶やかな茶髪は靡くと言うよりかは揺れ、馴染んでしまったメイド服がヒラヒラとはためく。

カルアとは違ってイリヤは山と屋敷から近い街を捜していたため、移動するのにそれほど時間はかからなかった。

重力にただ身を任せて落ちていくと、数分で目的地である山の登り切ったところにある開けた場所の上空へと辿り着く。

再び重力を消し、周囲一帯を無重力へ切り替えて浮かぶ。

そして――

「なんですか、あれ？」

洞窟の入り口の前。

そこで何度も色んな角度へ体が揺れる小さな少女と、残像のように高速で動き回る何かを発見する。

いや、何かと表現するのもおかしい。イリヤはその目で追えないものの正体を知っていた。

「あの女が戦ってる……？」

誰と？　そもそもどうしてここで？

そんな疑問が湧き上がりつつも、イリヤは重力の向きを変えて地に降り立とうと――

「イリヤ、洞窟の奥へ行きなさいっ！」

した寸前、そんな声がどこからか……あらゆる方向から聞こえてくる。

カルアが動き回り、音を置き去りにしているからこのように耳に届いたのだろう。

「多分、奥にリリィ様がいる！」

「ッ!?」

「私はここを動けないから、先に行ってリリィ様を連れ出して！」

その言葉が耳に届いた瞬間、イリヤは返事をする前に重力で洞窟の奥へと向かった。

それを見て、先程から殴られている少女がイリヤに向かって駆け出す。

「行かせ、な……ッ!?」

だが直後、アミの横腹にカルアの飛び膝蹴りが突き刺さった。

「……ッ！　い、行かせてもらうわよ！」

自分で制限できない程威力が増してしまった蹴りがアミに入り、カルアの口からも息と共に何かが零れる。

しかし、そんなことは気にしないしそもそも見ることができない。

「なんなんですか、もうっ！」

――吹き飛ばされるゴシックな服を着た少女を見送って、イリヤは洞窟の中へと入っていった。

薄暗く、ほんの少ししか松明が灯っていない。

視界が悪いのは言わずもがなではあるが、問題は天井の低さであった。

これでは動きが制限され、上空へ浮かぶこともできない。更には天井を崩してしまう恐れもあるので重力を展開させる範囲も限られてしまう。

だが、イリヤはそんなことは気にしなかった。

「リリィ……無事でいてくださいっ！」

優先すべきはリリィの救出。

あれからかなりの時間が経っているため、誘拐されたのであれば何かされているかもという不安も沸き上がる。

カルアが戦っていた……ということは、嫌な予感に信憑性を持たせるのに充分であった。

こんなに人を心配したのは生まれて初めてだ。

雇われの魔術師として生きてきた人生の中で、他人が傷つくという事態に焦るなど未だかつて経験したことがない。

初めての感覚、初めての焦燥。

イリヤはそんな己の中を占める感情に戸惑いながらも、ゆっくりと洞窟の中を進んでいく。

そこへ――

「あァ、ようやく来たぜ」

カツン、と。声と共に足音が反響した。

「……誰ですか、あんたは」

「悪役《ヒール》じゃねェか？　どっからどう見ても、それしかないだろうがよォ」

薄暗い視界の中、姿を現したのは、不敵な笑みを浮かべる一人の少年。

悠々と、浮かんでいるイリヤに驚くこともなく近づいてくる。

「俺はラガーって言うんだ、とりあえず自己紹介ぐらいしておかねェとなァー？」

「うっせぇです、私は野郎の自己紹介に付き合っている暇なんてないんですよ」

イリヤは無視して先を進もうとする。

しかし、行動範囲が狭い分、ラガーが道を譲らないと先へは進めない。当然、ラガーが道を譲る素振りは見せなかった。

それどころか、徐に懐から少し大きめのコインを取り出して何故か放り始めた。

「まァ、落ち着けや。俺は姫さんから通すなって言われてんだ。大人しくコイントスでもしようぜ」

「コイントスなんて余計付き合ってられるか、ですよ！」

一刻も早くリリィの下へと行きたいのに。

だからこそ、飄々《ひょうひょう》としたラガーの態度に苛立ちが込み上げてきた。

カンッ、と。コインを弾く乾いた音が響き渡る。

「邪魔しようって言うんなら容赦はしないです！」

イリヤが痺れを切らし、重力を叩きつけようと腕を振るった。

手加減など想定していないイリヤの重力は、逆らう余地を与えることなく相手を壁にめり込ませる。以前、ザンにした時と同じだ。

しかし――

「勝負放棄……つまり、この賭けは俺の勝ちだなァ？」

――その重力を受けてもなお、男は立っていた。

「……は？」

それどころか、いつの間にか全身を輝く甲冑で覆っているではないか。

イリヤは驚く事態が重なり、思わず呆けてしまう。

『金剛力』」

だが、その一瞬の思考が仇となる。

ラガーの姿がふとブレたかと思えば、鳩尾《みぞおち》に重い衝撃が走った。

「ガハッ!?」

重力の操作もままならず、イリヤの体が何回も洞窟内をバウンドする。

何が起こったのか？　戸惑いと激しい痛みに蹲《うずくま》りながら、ゆっくりとイリヤは顔を上げた。

「おいおい、こんなもんかよ？　俺はァ、姫さんから魔術師と戦えるって聞いて楽しみにしてたんだぜ？　チープな結末なんて後味の悪《わり》ィことすんなよ、興醒めじゃャねェか」

ゆっくりと近づいてくるラガーは纏っていた輝く甲冑がいつの間にか消えていた。

どういう理屈でそうなっているのか？　イリヤの頭は疑問で埋め尽くされる。

（お、落ち着くです。おかしいなんて当たり前じゃねぇですか）

――魔術師との戦いというのはそういうものだ。

目の前の男が魔術師であることは、そういう理屈に疑問を覚えた時点で明らかだ。

だからこそ、イリヤは疑問を振り払った。

理屈を捨て、やるべきことを明確に設定し、対処することにのみ専念する。

(私の手は汚れています……)

雇われの魔術師として過ごしてきた人生。年齢にそぐわぬ力を与えられ、情など捨て、金のためにいくつもの命を奪ってきた。

今更どこかの男の傍にいたって、その事実は拭えない。

それでも、最近の日々は楽しかった。温かったし、周囲にいた人間は優しかった。

今まで経験したことのない日常を謳歌できたのは、間違いなくイリヤの人生でも楽しいと思えることであった。

そんな時だったのだ。

リリィ・ライラックは――――

「わ、たしにとって……初めてできたお友達、なんですよ……」

イリヤは足元がふらつきながらもゆらりと立ち上がる。

「そんな友達が！　危ない目に遭ってるっていうんです！　英雄《ヒーロー》じゃないって分かっていても助けるのが道理って話でいやがりますよッッッ！」

「いいッ！　いいぜェ、お前ェ！　そうこなくッちゃなア、魔術師同士の戦いってやつはよォ！」

ご大層な理由なんかいらない。

自分の手が汚れていたって、構うものか。

初めてできた友達が誘拐され、今という今もどんな状況か分からずにいる。

ならば、それだけで拳を握る理由なんて充分ではないか。

入り口では、自分でも強いと認めているカルアが戦っている。

英雄《ヒーロー》は姿を見せていない。しかし、そんなの時間の問題だ。

いつだって、どこにいたって――英雄《ヒーロー》は助けを求める者の前に現れる。

自分も、そんな人になりたかった。


「さぁ、かかって来い魔術師《ギャンブラー》！　神に運でも祈りながらぶっ潰されろ！」

「運は自分で掴み取るもんだぜ、メイドの嬢ちゃんよォ！　その上で楽しませてやるからボルテージを上げやがれ、そっちの方が刺激的だからなァ！」

『飛翔』を理想にした魔術師。

『博打《ばくち》』を理想にした魔術師。

その両者が拳を握る。

賽《さい》は、ラガーの懐から一つ放られた。

私にもっと力があればよかったのかな？

薄暗い空間で一人、力なく壁にもたれかかるリリィは思う。

何もできず、体も動かせず、会話一つ生まれない状況は、リリィを思考の海へ飛び込ませるのには充分な状況であった。

今頃、急にいなくなった自分を皆は心配してくれているはず。

一緒に来た騎士達、最近会話を交わした使用人の人達、大人の女性のようで密かに憧れていたカルア、初めて心の底から友達だと言えるようになったイリヤ、そして……兄のようで優しい大好きなフィル。

もし、自分に力があれば。

サクヤお姉ちゃんだったら、力ずくでここを抜け出していたかもしれない。

ニコラお姉ちゃんだったら、そもそもこういう状況にならないよう警戒してこの場にはいなかったかもしれない。

私が弱いからだ。

弱いからこそ、こんな状況になって、皆に心配をかけてしまって、何もできずにいる。

これから何が起きるのだろうか？　自分は一体どうなるんだろうか？　皆は何事もなく無事なままなのだろうか？

◆
◆
◆

いや、それよりも……怖い。

体が動かせないのだ。声すら出せないのだ。目の前に親しいと思っていたはずの誘拐犯がいるのだ。

周りに対する罪悪感や心配よりも、自分勝手な恐怖が強い色を放ってしまっているから、余計に自分が嫌いになってしまう。

結局、弱い自分は他人を慮ることもなく自分の感情を優先してしまうダメ人間。

己に対する嫌悪感もまた、強制的にさせられている自問自答の中に表れる。

ドゴォォォォォッ、ドゴォォォォォッ、と。時折洞窟内が揺れ始めていると気がついたのは、一人の時間に没頭している間の数十分であった。

「ふむ、君を心配して誰かがやって来たようだ。まぁ、大方予想していたからあの子達を残していたんだけどね」

一人、持ってきた本で読書に耽《ふけ》っていたシェリーがパタン、と本を閉じる。

「王女の誘拐ともなれば血眼で捜すのは当たり前だ。君の立場が付随する以上、君の存在そのものが周囲に影響を与える。今回で言えば『王女の身に何かあれば自分が責任に問われる』というものだろう。考えるまでもないが、それは私とて同じだ。王女を誘拐したともなればこのあとのことを想像するだけで恐ろしくなる」

そこいらの平民を攫《さら》ってくるのとはわけが違う。

すでに外交問題となり得ているだろう。最悪戦争だって起きてしまうかもしれない案件だ。

「それでも、私は魔女が見たかったんだ。未知を探求し、謎を解明し、知的好奇心と欲求を満たす。君は私が出会った中で最も可能性を秘めていた。故に、手荒な行動をさせてもらったんだ」

にもかかわらず、と。シェリーは冷たい瞳を添えて立ち上がる。

「何故、魔女が来ない？　どうして君は理想を渇望しない？　この時間は無駄だったというのかい？」

確かに渇望はした。

けどそれはこの状況を生み出してしまった不甲斐ない自分に力があったらというものであって、当初抱いていた『国民の役に立ちたい』というものではない。

何せこの状況で国民のことを考えられる余裕などないのだから。

それどころか、情けなくも恐怖が頭の中を支配してしまっている。とても理想を渇望できるようなコンディションではなかった。

「誰にも邪魔されなければ魔女をゆっくり探求できる。それに、君も一人の状況になれば余計なことも考えずに理想を渇望できると思っていたのだが、これは予想外だ。まさか、君がこれほど弱いとは」

シェリーはゆっくりと近づき、リリィの顔を覗き込む。

「別に私は君が嫌いではない。それどころか、向上心に至っては好感が持てるほどだ。だからこそ残念に思ってしまう——その程度なのか、と。手荒なことをしてしまったことには謝罪するが、少々失望を隠し切れないね」

そんなことを言われたって、自分だって希望に添えるような自分になりたいと思っている。

シェリーにとってだけではない、国民にとっても、ニコラにとっても、褒められ頼られるような存在でありたいと思っていた。

だが、それでもなれないのだ。

なりたいと強く思っていても、情けなくも弱い自分が表面化してしまう。

「ふぅ……君のことを心配してやって来た人間がいる以上、悠長にしてはいられなくなってしまった」

シェリーは湧いた苛立ちを抑えるようにそっと息を吐く。

「ここまで動けばあとには引けないのだよ、リリィ・ライラック。盛大に前へと進んでしまった以上、私も突き進むしかない」

――怖いよ。

シェリーの言葉が、表情が、迫ってくる体が、リリィの心により一層の恐怖を与えた。

――誰かぁ。

情けない自分の心が表面に強く浮かんでくる。声が出せる状況であればもう叫んでいただろう。

「手足でも折れば理想を渇望してくれるか？　私とてあまり痛めつけるのは好きではないが、この際仕方がない」

――誰かぁ。

迫る腕を受けて、リリィの脳内には色んな人間の顔が浮かんでくる。

――カルアお姉ちゃん、イリヤちゃん、アビお兄ちゃん。

そして、リリィ・ライラックという少女は切に願った。

(助けて……フィルお兄ちゃんっ！)

そんな、頼れる優しい兄のような存在を。

だからなのか、唐突にそれは訪れる。

具体的には、激しい音を生み出しながら破壊されていく天井から落ちてくる瓦礫《がれき》と共に。


「少々おいたがすぎるんじゃねぇか、探求者ッッッ！！！」


その者は怒りを孕《はら》んだ表情を見せる、英雄と呼ばれている青年。

誰かが傷つくのを許せない、正真正銘の英雄《ヒーロー》であった。

「ハハッ！　役者が揃いすぎだとは思わないかい、英雄《ヒーロー》殿！」

「うるせぇよ、俺の大切な者に手を出しやがって……舞台から引き摺《ず》り下ろしてやるよ、この悪役《ヒーロー》が！」

結局、小さな女の子が助けを求めればやって来る生き物なのだ。

時間や場所など無視して、ただただ誰かの幸せを守るために拳を握って姿を現す。

――フィル・サレマバートという人間は、そういう男だ。

それ故、最後のピースが出揃う。

揃ってしまったからこそ、シェリー・アルアーデは内心驚いていた。

これほどまでにベストなタイミングで姿を現すなんて。

もしも、数十秒……いや、あと数秒、天井を崩してやって来るのが遅ければ、確実にリリィの腕をへし折っていた。

シェリーは無用な殺傷はしないが、必要とあれば殺傷に躊躇いはない。

それが仮令《たとえ》屈強な男であっても、触れれば折れてしまいそうな老婆であっても、守らなければならない国民であっても、か弱い妹のように愛らしい少女であっても、だ。

誰かの笑顔が損なわれる前に現れる。そんな役者《エキストラ》が現れたのだとしたら、物語の結末は――

「問答など必要あるまいよっ！　こうなったらすることなんて一つしかない。そうだろう、英雄《ヒーロー》!?」

シェリーは相対する前に、リリィへと手を伸ばした。

ここで拳を交わすことになるのだというのは分かっている。

この状況では、自分がどう言いつくろおうが誘拐した張本人で、正に傷つけようとした瞬間だということなど明白であった。

それなら、相対する前にリリィが渇望する条件を整える。

だが、それよりも先にリリィの足元一帯に黒い影が広がった。そして、摑もうとする手を躱して
リリィの体が一瞬で消える。

次にリリィが姿を現したのは、フィルの横にある瓦礫の上であった。

「……ごめんな、遅くなった」

縛りの世界へ堕《お》とし、そこから拾い上げる。

フィルが作り上げた世界に誘われたものは、基本的に地上における座標を持ち合わせていない。指定した場所へ拾い上げ、縛りから解放する。単純であるが故に厄介、それでいて利便性に優れている。

(これがフィル・サレマバート……いや、『影の英雄』の魔術か。興味深い、が)

探求という理想のためだけに培われた観察眼は、一連のやり取りで大まかな理屈を把握した。

(殺傷能力は薄い、テーマ自体にそこまでの効力はないのだろう。その分、応用におもきをおいているのか。一撃必殺という概念はどうやら存在しないみたいだね)

あくまでフィルは誰かの自由を願い、救うことを重視している。

その過程に殺傷など無用。殺せないことはないだろうが、あくまで無力化に特化するよう術式を組み込んでおり、他の魔術師が重視している部分を削っていた。

例えば、カルアの魔術は『速度の向上に比例する一撃の相乗』という部分が最も重視されている。速さと重さはそのまま力へと変換されるため、上げ続けたカルアの一撃は容易に人を殺すにまで至る。

一方で、フィルの魔術はそのような一撃は持ち合わせていない。その分、多彩な種類で敵を無力化へ導く。

つまりは最強の鉾《ほこ》か、多くの武器か。

（いや、今はそのようなことよりも……）

ふぅ、とシェリーは息を吐いた。

「君はとことん邪魔してくれるじゃないか。ついでに言えば、君の抱えているメイド達の方も、ね」

昂《たかぶ》っていた気持ちが一瞬で落ち着き、シェリーは悠々とした態度へと戻る。

「邪魔してなんぼだろ、阿呆が。妹が攫われてるっていうのに呑気に卓囲んで神経衰弱してる方が頭おかしいんだ」

その姿はどこか先程よりも異質で異常に見えた。それは先程まで一対一で顔を合わせていたリリィがまず先に感じ取る。

しかし、それよりも自分が一瞬で場所を移動してしまったこと。

加えて、目の前に現れてくれたフィルのことで頭がいっぱいいっぱいであった。

――どうして、フィルお兄ちゃんがここにいるの？

そんなの分かり切っている。自分を助けに来てくれたのだと。

けれども、疑問に思わずにはいられなかった……こんな、ダメな自分のためにやって来てくれたのなんて。

「あんまり心配かけんじゃねぇよ、リリィ。知ってるか？　屋敷は本当にサンタがプレゼント持ってきたぐらい慌てまくってるぜ？」

――ごめん、なさい。

「謝るなって」

声も出ていないはずの言葉に、フィルは返事をする。

何故分かったのか？　不思議に思っていると、フィルは安心させるように笑みを浮かべた。

「どうして喋んないのか分かんないけど、そう思っていそうなことぐらい分かるよ」

同じく怖かったんだろうってこともな、と。フィルはそっとリリィの頭に手を置いた。

温かくて、どこかホッとするような感触。

そして、フィルはリリィから視線を外して真っ直ぐにシェリーの方へと顔を向けた。

「……んで、王女誘拐なんてするぐらいなんだ、当然大層な目的があってのことだろうな？」

「残念ながら、読者が喜ぶような世界の伏線などないよ。正直、魔女が見られるなら誰でもよかったぐらいだ。たまたま私の身近に理想を渇望する少女がいて、たまたまそれが王女だったってわけさ」

「魔女、ねぇ？」

フィルはシェリーの口から飛び出てきた単語に眉を顰《ひそ》める。

「君も興味があるだろう？　己に魔力という力を与えた魔女に！　魔術師なら疑問に思わずにはいられない、何故なら一度出会っているはずなのにその素性を何一つとして知らないのだから！　どんな容姿だった？　どんな声だった？　どんな性格だった!?　さぁ、答えられるものなら答えてみろ、フィル・サレマバートくん！」

「…………」

「あぁ、分かっているさ。無言こそ立派な返答で想定通りのものだ。何せ、私ですら分からないのだから！　知的欲求を満たしたいがために魔術師となったにもかかわらず、だ。だからこそ、探求せずにはいられない！」

恍惚とした笑みが浮かび、興奮しきった声が洞窟内に広がる。

体を抱き締める様は蕩けており、上気しきった頬は自分の世界に入っていることを証明している。

「分かったよ、リリィを誘拐した理由が。大方、リリィの悩みに付け込み、渇望を起こして魔女を呼ぼうとしたんだろ」

「流石はフィルくんだ、大方どころか百点満点の花丸だよ」

シェリーは抱き締めていた腕をフィルへと向ける。

「そこまで分かったのなら、どうか引いてくれまいか？　何せ、これはリリィ・ライラックにとっても有益なものなのだから」

「それは魔術師になれるって意味で言ってんのか？」

「もちろんだとも。一人の存在で戦場を動かせるほどの力……いや、本質は理想を叶えるための手段を手に入れられることだ。国民の役に立ちたい、立派なことじゃないか。魔女に会えば、きっと小さな王女の理想は手の届く場所にまで迫るだろう」

そうなればリリィが思い悩むことはない、劣等感に苛まれることもない。

魅力的な話だ。もしその言葉が本当なのであれば、リリィもその道へ踏み込みたい。

――――だけど、怖いよ。

まだ、リリィ・ライラックは幼すぎた。

未知を許容し、身を投じられるほどの心は持ち合わせておらず、理想の渇望の前に恐怖が体を蝕んでしまう。

今こうして魔術師の一人として立っているシェリーを見るだけでも身の毛もよだつ想いをしているのだ。

これがどう昇華されるのか想像ができるわけがなかった。

断りたい……断って、元居た場所に戻りたい。

そう言いたくても、理解のできない現象に冒された己の体が言葉を発してくれない。

だけども、代わりに――

「やっぱりてめぇは阿呆だよ、探求者」

フィルが、そう言い切った。

「……何？」

「理想っていうのはそいつ個人の気持ちに左右される。決して、他人が祈って手助けするもんじゃねぇんだ」

眉を顰めるシェリーに対して、フィルは挑発するように笑う。

「他人が願ったものがどうして理想《エゴ》になる？　探求心を誰かが追い求めてほしいって願ったからお前は魔術師になったのか？　違うだろ、お前自身が願って渇望したからだろ。そもそもの前提を履き違えている時点で、てめぇは単なる馬鹿だ」

それに、と。フィルは一度リリィの方を向いた。

無気力で、力の入っていない無様な姿。表情などなく、何を思っているのかも見当がつかなかった。

だけど、それを見ただけでフィル・サレマバートという英雄《ヒーロー》は言い切れる。

「笑ってねぇじゃねぇか、リリィが。この世は自由なんだぜ？　笑って幸せそうにしていないのに理想なんて持ち出すなよ。理想を語るのは笑顔じゃねぇといけねぇだろうが。不自由でしかねぇよ、そういうのは」

笑顔でいられないのなら理想など捨ててしまえ。

幸せそうに笑っていられるような未来を摑むために、誰もが理想を抱き、夢を追いかけるのだ。

そのはずなのに、リリィは笑っていない。

もちろん、理想を渇望するのは決して楽しいことだけではない。辛い過去を経て、渇望することだってあるだろう。

それでも、理想を叶えた先は笑顔であると信じて。

そういった未来を歩ませることこそが自由であり、その子の幸せを願うフィルの想いでもあった。

こんなの間違ってる。そんなの、見れば分かる。

だって、助けを求めるような声が聞えたのだから。

それだけで、フィルが前に立つ理由など充分にできてしまう。

（フィル、お兄ちゃん……）

――やっぱり、アビお兄ちゃんみたいだなぁ。

リリィは、そんな誰かの幸せを願う背中を見てひっそりと何故か涙を流した。

「かくいう君の答えも、ただの理想《エゴ》ではないか。人に説教垂れる道理もないと思うがね」

「ならやってみろよ。魔術師が理想《エゴ》を語る時は何をするかなんて相場が決まってるじゃねぇか」

「ふふっ、確かに。君の言う通りだ」

フィルとシェリーがそれぞれ一歩を踏み出した。

そして――

「かかって来いよ、探求者《エゴイスト》。かっこいいお兄ちゃんの背中ってものを見せてやる」

「それで私の知的欲求は満たされるのかい、自由人《ヒーロー》!?」

『自由』を理想とした魔術師。

『探求』を理想とした魔術師。

盤面に揃った最後の駒。

その両者が、互いの理想《エゴ》を優先すべく一斉に地を駆けた。

魔女から始まる戦闘

ラガーの賽子《さいころ》が地面をバウンドする。

出た目の数字は――――『4』。

「運がいいじゃねェか！　なァ、そう思わねェか!?」

ラガーの両手に薄く輝いた籠手《こて》が生まれる。

どういう理屈で取り出したのかは分からないが、イリヤは懐から短剣を取り出して宙に放った。

浮かぶいくつもの短剣はイリヤの周囲を舞い、二本がラガーに向かって射出される。

「甘《あめ》ェよ！」

腕を振るうことで、的確に重力によって落下する短剣を弾くラガー。

それどころか、振るった先から地面を抉《えぐ》るような衝撃波がイリヤ目掛けて襲ってくる。

「ちょ!?　それは流石に理解不能ですけど!?」

イリヤが地面を転がりながら抉られた先から身を躱《かわ》す。続けざまに現れた衝撃波には地面に腕を振り下ろす動作で重力を叩きつけた。

もちろん、それだけで終わるイリヤではない。

空いていた方の腕を振るうことでラガーの横っ腹へ重力場を形成、向きを変えて叩き込む。

だが、それもラガーが籠手をつけた腕を薙ぐことによって綺麗に霧散された。

「……不可視であるはずなんですけどねぇ、私の『重力』は」

「そんなこと言ったらてめェもだろうがよォ。棚に上げる話をして楽しいかァ？」

重力だろうが衝撃波だろうが、色の乗っていない不可視のものであるはず。

それでも綺麗に捌き、避けていく両者はやはり不可視の攻撃を持っている張本人だからだろうか？

しかし、油断すれば致命傷になりかねないことをイリヤもラガーも知っている。

（本当はいつものように周囲へ重力を作っちゃえば守るなんて気にしなくてもいいんですけど）

周囲一帯に叩き潰せるような重力を形成し、常時展開していれば防御など気にすることもなかった。

飛び道具を投げられても落とせるし、肉弾戦に持ち込もうとされれば文字通り挽肉にできる。

しかし、その選択が取れないのはこの洞窟内だからだ。

洞窟の構造がどんなものか分からない以上、下手に崩落させてリリィまで巻き込んでしまえば最悪だ。

（ここから洞窟の外へ出て土俵に持ち込む？　いいや、こいつが背中を向けた私に何をするか分かりませんからノー、ですっ！）

カラン、と。乾いた音がまたしても洞窟内に反響する。

その瞬間、イリヤは重力で賽子の目が出る前に潰そうと試みるが、辺りの地面が押し潰されるだけで賽子に変化はなかった。

恐らく、魔術で生み出したものなのだろう。

「さア、『5』だ！」

籠手から今度は深い黒い大槌へと姿が変わる。

「ハハッ！ やっぱり今日の俺はアついてるぜ！ こういうスリルがあるから博打《ばくち》はやめられねェんだよなア！」

大槌を抱えてラガーが肉薄してくる。

イリヤは進行方向に小さな重力場を形成、向きを下へ、威力は二十倍のほどのもので。

脳内にイメージを作り、腕を振るおうとした瞬間――ラガーが大槌をぶん投げた。

「はぁ!?」

叩きつけた重力を易々と突き破り、イリヤの頭目掛けて飛んでくる。

それを腰を低くして躱すが、すぐさまラガーの蹴りが鳩尾《みぞおち》へと炸裂してしまう。肺から空気が零れ、咳込みながらもイリヤの体が地面をバウンドする。

(武器が変わるからやり難《にく》いですね、まったくもうっ！)

ラガーの魔術のテーマは『賭博《とばく》』。

この世に存在する遊びの種類の数が豊富であるのと同じで、ギャンブルを模したラガーの魔術の幅はイリヤ以上に広い。

例えば、ラガーが何回も放っているあの賽子。

出た目によって自身に与えられる武器が決まり、本人にも何を握らされるか分からない魔術は都度戦闘スタイルが変化するため、相対している者としてはやり難いものであった。

加えて、出た目の数字が大きければ大きいほど強力な武器が出現する。

今まで出てきた数字は『4』と『5』。他に何があるかも、そもそもどんな魔術なのかも分からないイリヤであるが、とりあえず易々と自身の重力を上回ってくるほど強いものだということは理解させられていた。

更にもう一つ――

「おいッ！　次はコイントスだ！」

ご丁寧にラガーが声を張り上げる。

（これが厄介なんですよね……ッ！）

イリヤは起き上がり、短剣を射出して同じように声を張り上げる。

「裏ですっ！」

「なら表だァ！」

先程はこの一連のやり取りを拒否したため、必然的にラガーが不戦勝となり魔術が発動した。

強制的に相手も同じ土俵で戦わさせられる魔術。

裏か表か、ラガーが勝者となった際はあの輝くような甲冑が現れ、もれなく一撃を食らってしまった。

――あれが一番ヤバい。

何せ、重力を迎撃することもなく平然と歩いて来られるようなものなのだから。

その流れでいくと、短剣を突き刺そうとしても無意味。恐らく、外部から与えられた攻撃を無力化できるようなものなのだろう。

加えて、並の一撃ではなかったはず。

先程の蹴りよりも遥かに威力が強かったため、イリヤはそれ以上のパワーも生み出すものなのだと推測する。

だからこそ、厄介極まりないし一番当ててほしくないものであった。

それ故、このコイントスには参加せざるを得ない。

またしても、小さな金属が地面を跳ねるような音が洞窟内に響き渡る。

賽子とは違ってゆっくり回転、やがて威力を失ってコインの面が顔を現した。

薄暗い空間で見せたのは――『表』。

「ハハッ！　『金剛力』！」

「運がよすぎじゃねぇですかね、この賭博師!?」

イリヤは舌打ちをすると、近くにあった小石を浮かせてラガーに向けて投擲《とうてき》する。

だが、小石は甲冑にぶつかるのと同時に砕けるだけで、傷をつけるまでには至らなかった。

「自分で細工しててんじゃねぇでしょうね!?」

「イカサマなんてチープで水を差すような真似なんかするかよォ！　正真正銘、実力でもぎ取った運に決まってるだろうがァ！」

ラガーが肉薄しイリヤの視界に迫る。

咄嗟に腕を顔の前に構え、自分の周囲に無重力を生み出したのは正解だっただろう。

すぐさま腕にヒリヒリとした重い一撃が加わり、リリィの体が止まることなく宙を進んでいった。

「俺の魔術は何も賽子やコインだけじゃァねェぞ！」

そう口にした瞬間、背後の曲がり角にある壁に赤と黒のマス目が生まれる。

このまま突き進めば間違いなくぶつかってしまう。

今度はどんな仕掛けがある？　重力を操作しようにも、飛んでいる自分の速度と威力が強すぎて間に合わ――――

「黒にオールインだ！」

ガガンッッッ！！！　と。イリヤの体がマス目の生まれた壁に衝突する。

砕けた場所は――――『赤』。

(外した!?)

そう思った時には、既に体に起こる異変に気がついた。

――――全身に走っていた痛みが綺麗さっぱりなくなっている。

それどころか、ここに来る前以上にコンディションが最高だと思ってしまうほどのものになっていた。

「かァー！　やっちまッた！　これで仕切り直しかよォ！」

そう頭を抱え始めた頃には、輝く甲冑も姿を消してしまっている。

(なるほど、ようやく分かってきましたよ)

ラガーの魔術は賭博をテーマにしているために勝ちと負けという概念が存在する。そのせいで、勝ち以上の負けのリスクも必然的に設定されていた。

今回で言えばルーレット。

賭けた分だけ外れてしまったことにより、ディーラー兼玉の役割をしていたイリヤが総取りで恩恵を手にすることになった。

それが体の怪我をなくして最高のコンディションに昇華させるというものだったのだろう。

加えて、いつの間にか『金剛力』の甲冑も消えている。恐らく、時間制限によるものなのだ。

「随分と自ら崖っぷちに立つのがお好きでいやがりますね」

イリヤはぶつかった壁からゆっくりと起き上がる。

「何言ってんだ、嬢ちゃんよォ。そういうことがあるから博打は楽しいんじゃャねェか」

負けたというのにもかかわらす、ラガーは笑う。

「当たり前の人生を歩いていちゃ、当たり前のもんしか手に入んねェ。そんなの、そこいらの有象無象と変わらないだろうがよォ。当たり前以上を求めるからこそ、リスクっていうもんは付きまとう」

せっせと働いても少しの金額しかもらえない。

それだと、今までの日常が継続していくだけで決して大金持ちになることはないだろう。

「商売を始めるのだってそうだ、騎士団の試験を受けるのだってそうだ。長い目で見りャ、それこそ人生の大博打。人生っていうのは当たり前の路線を進んでいるだけで、路線を変更したけりャ、賭けに出るしかねェんだよ」

当たり前以上のものを求めるが故に勝負に出る。

今までの自分を壊し、違う人生のレールを歩くためにリスクを負ってでもレバーを握るのだ。

負ければ当たり前にもらっていたものがなくなり、勝てば当たり前以上のものが手に入る。

――それこそが博打。

当たり前では手に入らないような大金を手にするがために、ラガーは今日も賭博を始める。

「さア、もう一回博打をしようじゃねぇか、嬢ちゃん！　理想を追い求めるために嬢ちゃんだって俺を倒さなきャいけねェだろうがよォ！」

その言葉は悔しくもイリヤも納得できる部分があった。

平和を望むのであれば何もせずに屋敷で誰かが助けるのを待っていればいい。

傷ついて、痛い思いをして、拳を握り締めるのも自分が『友人の安全』という当たり前では手に入らないものを欲したため。

この場は、博打を楽しみたい男がいる賭博場《カジノ》。

当たり前以上を求めているからこそ、自分は卓に座って賽子の出目を自ら掴みに来たのだ。

そして――

「私は、空に届きたいんです」

ゆっくりと、イリヤは薄暗い洞窟の天井を仰いだ。

「こんな暗い場所なんかじゃなくて、澄み切った空を、光り輝くあの星空を、摑んでまた空を眺めていたいんです」

この歳になっても変わらず抱き続ける夢。


――『あの大空に届かせるための手段を』。


刻み名に込めたその意味は、こんな状況であっても変わることはない。

もし、ここで自分が負けて死んでしまえばその夢も半ばで閉ざされてしまう。

先程、洞窟内から激しい何かが崩れる音が聞こえた。予測すると、カルアではなくフィルが強行突破するかのように現れた時の音だったのだろう。

だったら、リリィはもしかしたら英雄《ヒーロー》が助けてくれるかもしれない。早く敵を倒したカルアが助けてくれるかもしれない。

しかし、それではイリヤの理想が理想で終わる。

「まだ、私は空に届いていない」

フッ、と。イリヤは笑う。

最高のコンディションで、誰にも共感されないような理想を抱いて。

「どうせだったら全部です！　あんたを倒して理想もリリィを助けるっていう想いも全部摑み取っ

てやりますよ！」

「その貪欲さは最高だ……震えるぜ嬢ちゃん！　ガキじゃねェ、てめェは立派な魔術師だッ！」

さぁ、もう一度、と。

ラガーは手のひらにあった大きめのコインを宙に放り投げる。

「どうせやるンだったらまどろっこしいことなくオール・オア・ナッシングだ！　裏か表か、張ってみろ、貪欲者《ギャンブラー》！」

この勝負に勝てば、イリヤは前に進める。

常に貪欲に、魔術師であるなら全てを求めて全てを叶えてみせろ。

「裏、ですっ！」

コインが地を跳ねた瞬間、イリヤは短剣を浮かばせた状態で地を駆けた。

◆◆◆

探求者と自由人の戦いは、想像していたものよりも複雑になっていた。

それはフィル・サレマバートの手数が多いから、というわけではない。どちらかというと、シェリーの方に原因があった。

何せ――

「『金剛力』」

コインの跳ねる音が聞こえた瞬間、表と宣言したシェリーの体が輝く甲冑に覆われる。

次に足元に広がった影を踏み越えながら接近し、横っ腹へ殴りつけることでフィルの体が何度も洞窟内をバウンドした。

(魔術の理屈が理解できないのは分かりきってるが、あまりにも毛色が違いすぎるだろ……ッ!)

フィルは内心歯噛《はが》みする。

魔術師同士の戦いで手の内が分からないのは当たり前だ。何せ理解の外にある力は人間の常識の枠を超えているのだから、簡単に分かってしまうはずもなし。

だからこそ、知らない前提で徐々に手の内を知っていくことになるのだが、それでもある程度法則やら似たようなものが多かったりする。

何せ、理想をテーマに変えて魔術を作り出しているのだから。

しかし、シェリーの魔術は理解できないというだけではない。

(コインを投げたかと思えば、あの甲冑……この前見せたのはなんだ!? クソッ、探求の理想とどう繋がってるっていうんだよ、奇天烈な玉手箱だとじいさん腰を抜かすだろうが!)

フィルは転がり間際に縛ノ手《シバリテ》をシェリーに向かって伸ばす。

だが、その手も輝く甲冑を纏《まと》ったシェリーが叩き落としてしまう。

触れただけで縛りの世界へと誘うはずの影であっても、まるで影響されていないとでも言わんばかりに平気で触ってくる。

だから今度は数で勝負だ、と。

フィルは転がる体を足で踏ん張りながら止めて、足元に広げた影から幾十本もの腕を伸ばしてシェリーに叩き込もうとした。

一方向だけでなく、全方向から。

いつの間にかシェリーの体からは甲冑が消えており、正《まさ》しく攻め時だとフィルは更に数を増やす。

その腕はシェリーへと迫る直前――――今度は何かに押し潰されたかのように地面へと叩きつけられた。

あれだけの数、あれだけの方向で攻めたのにもかかわらず触れることさえ許されなかった。

しかし――――

「お披露目がすぎたんじゃねぇか、探求者!?」

今の光景には見覚えがある――――イリヤの重力だ。

周囲一帯に重力の場を形成し、常時自動化の防御を作り上げる。

ただでさえ希少な魔術師の魔術が丸っきり被るなんてことはあり得ず、必然的に答えが絞られてくる。

「『模倣』、それがお前のテーマだろ!」

フィルが背後から巨大な黒い水柱を生み出す。

――――縛りの世界へ誘う大海。

その影は激しい濁流のように、シェリーに向かって勢いよく流れていった。

「別に隠してはいないから問題はないが……とりあえず正解と言っておこう。だが、フリップに書かれた答えには三角をつけさせてもらうよ」

　シェリーが重力で体を浮かせる。

「君の言う通り、私のテーマは『模倣』だ。探求し、解析できた相手の魔術を一部模倣できるというもの……そこまで見抜けたのであれば綺麗な花丸をあげたがね」

「ご丁寧に解説までどうも！　だが、過度なサービスはまんま油断じゃねぇのか、探求者《エゴイスト》!?」

　波によって広がった影から幾つも腕が浮いてシェリーへと伸びていく。それだけではなく、離れた場所から生み出した手は辺りの瓦礫《がれき》を掴み、乱雑にシェリー目掛けて投擲を始めた。

　だが、その全ては重力の壁によって阻まれる。

「なに、たまにはサービスしてやろうと思っただけさ。私だってお客様をもてなす労い精神ぐらいは持ち合わせているんだ」

　それに、と。

　シェリーは見下すような瞳で笑みを浮かべた。

「分かったところで何をどう対処するというんだい？」

　ギッ、ギャギャガガッッッ！！！

　金切り音がフィルの耳に響き渡る。

　それが異音だと反射的に判断させられたフィルは咄嗟に影の中へと潜ろうとした。

しかし、それも寸前で間に合わない。

一筋の、光が、影を飲み込みながら、突き進んだ。

「ッ!?」

寸前で身を捻ったことが幸いした。

光に飲まれたのは片腕だけであり、その片腕は焼けただれたように焦げ臭い臭《にお》いと激しい痛みを放つ。

「理解したところでどうする？　私が今まで探求した魔術は多種多様。たとえ一部しか使用できないとはいえ、種類豊富では正解を引き当てることもできないだろう？　そんなのは百本のあみだくじからゴールに繋がるものを当てると言っているようなものだ」

腕に気を取られていると眼前にシェリーの姿が現れる。

シェリーの蹴りが顎に突き刺さり、仰け反る間もなく拳が頬にめり込んだ。肉弾戦に持ち込もうとしているのか、対処するべくもう一度振り下ろされた拳を残った片腕で防ぐ。

そこで、フィルは視界の端に映ったものに思わず目を剝いた。

（いつの間に賽子を……ッ！）

あの賽子がどんな目を出してくるか分からない。

この一連の流れで、出目によって何かが出てくるのかは理解させられていたが、武器片手に肉弾戦をさせられてしまえばどっちが不利になるかなど明白であった。

フィルはシェリーの鳩尾に蹴りを放ち距離を取ろうとしたが、それよりも先に賽子の目が顔を出す。

「『6』か、私にも運は残っているというわけだ」

賽子の中でも一番いい出目であること。蹴りだけでは間に合わないと思ったフィルは地面から影を伸ばしてシェリーの体を飲み込んだ。

一度中に入ってしまえば、あとは縛られるだけ。並の人間であれば、これで行動不能だ。

――とはいえ、もうすでに賽子の目は出てしまっている。

地面に広がった影が、何かに切り裂かれたかのように真っ二つに割れた。

別に油断をしていたわけじゃない。キラ・ルラミルという聖女が縛りの世界から自力で出てきたことを知っている。

でも、これは流石に――

「避け、らんねぇだろ……」

影の割れ目の直線状に立っていたフィルの肩口から腹部にかけて、バッサリと血が滲み始める。

口から血が零れ始めるが、フィルは拭うことなく茫然と斬られた影から現れるシェリーを眺めた。

「ラガー曰く、これは『豪剣象《シンボリックウエポン》』と呼ばれるものだそうだ」

ゆっくり影から這い上がってくるシェリーは獰猛に笑う。

「最高の運の持ち主にのみ与えられるこの剣は万物の現象を切り裂き、己の先を標《しる》してくれる。実に賭博に走るラガーらしい豪華な景品だ。正直なことを言うと、使っている私ですら少し気に入ってしまっている」

賭博の魔術における『金剛力』よりも強力な武器。

何度でも賽子が振れるとしても、出目が悪ければデメリットが生じる。まだ出てはいないが、ラガーが設定している中で『2』以下の数字は多大なデメリットを孕《はら》んでいる。

そんなデメリットを乗り越え、約十六パーセントを引き当てたもののみが使用できる『豪剣象《シンボリックウエポン》』は賭博の中で最も豪華な景品として贈られるものだ。

あらゆるものを切り裂き、射程すら剣のリーチ以上に伸ばす。

数十秒しか顕現できないとはいえ、初見殺しもいいところだ。伸びた不可視の剣先は初見で避けることなど不可能。

もう少しフィルが縛りの空間へ誘うのが遅ければ、確実に胴体と首が分かれていただろう。

辛うじて生きていられるのも、蹴りを中断して堕《お》とす方向へ切り替えたおかげだ。

だが、それも『豪剣象《シンボリックウエポン》』を引き当てられている時点で不利になってしまったのは事実であり、満身創痍に近いフィルと五体満足のシェリーとではどちらがこれからの戦いを制するかなど明白であった。

「女だから油断したか？　真似事しかできないから下に見たか？　英雄《ヒーロー》として持て囃《はや》されたから調子に乗ったか？　そうであれば認識を改めてもらおう――――こう見えても、私は連れてきた護衛に一度たりとも負けたことがないぐらいには強い」

カツン、と。シェリーが割れた影から剥き出しになった地面を悠々と歩く。

「とはいえ、少し言うのが遅かったかな？　君はボロボロもいいところだ、そこからどう反撃しても恐らく私には届かないだろう」

口から血を溢し、胴体から血を流しているフィルがこれからどう挽回できるというのか？

シェリーに至っては油断ではなく確信。これからどう反撃されても対処ができるという自信がありありとあった。

「もちろん殺しはしないよ、私が必要なのはリリィ・ライラックだけだからね」

そう言って、向かう先をリリィへと設定する。

勝負など、もうついた。ここから反撃しても勝ち目がないというのは誰が見ても分かり切っているから。

だが――

「ま、だ……」

こんな状況で諦めるほど、フィルは諦めのいい男ではなかった。

こんな状況で諦めるなら――女の子を守るために拳なんか握っちゃいない。

「俺も本気を出しちゃいねぇよッッッ！！！」

その叫びは洞窟内に響き渡る。

単なる負け惜しみか、諦めが悪い故に気合いを入れ直しただけか。

どちらにせよ、シェリーは悪足掻きなのだと勝手に解釈する。

しかし、それもすぐに改めることにな――

「……ハハッ、あながち嘘ではないみたいだ」

フィルを中心に、地面一帯が影の沼に染まっていく。

それだけであれば今まで見たものと同じ。シェリーが驚くこともなかっただろう。

驚いたのは、フィルの体が絵の具のように歪み、溶け始めていったこと。口から流していた血も、肩口から斬られて抉られていた傷も、深く濃い黒に覆われる。

「誰にも見せたことのない、俺の最高傑作だ！　この研究成果を覆してから戯言《たわごと》を叩きやがれ！」


――――『誰よりも自由な影画展《えいがてん》』。


フィル・サレマバートの「自由」という理想から『縛り』というテーマを研究した最大成果。

その一端が、探求者に向かって牙を剝き始める。

「……怪我をしたのなら大人しく諦めればいいものを」

「それで誰かが救えるのか？」

シェリーが吐き捨てた言葉に、フィルは間髪を容《い》れずに言葉を返した。

「諦めていいんなら俺だって諦めるさ。それでリリィが自由でいられるんだったら、俺は袖を振って諦めて優雅に紅茶でも飲んでいてやる」

「…………」

「けど、そうもいかねぇから拳を握るんだろうが」

黙って見ていれば誰かの自由が奪われてしまうから。

拳を握らず立っていれば親しい人間の幸せが失われるから。

それが分かっているからこそ、フィル・サレマバートという男は誰に頼まれるわけではないが拳を握る。

どんなに傷ついても、それで笑顔を守れるならと優しい笑みを浮かべ続けるのだ。

――根っからの英雄《ヒーロー》。

これこそ自由を求めた英雄の姿だ。

「それに、模倣の魔術の欠点も見えてきたことだしな――お前、真似事は一度に一つしか使えないだろ？」

「どうしてそう思う？」

「単純な話、影に沈む前に無重力で体を地面から浮かせればよかったんだ」

浮かしていればそもそも縛りの世界に足を踏み入れることもなかった。

本気で倒そうとしているのであるのは分かっている。だからこそ、普通は宙に体を浮かせた時に『豪剣象《シンボリックウエポン》』を振るうはず。何せ、その方が確実にフィルを倒せるのだから。

しかし、シェリーはそうはしなかった。

となると、考えられることは一つ。賽子を振ってしまっているからこそ重力が使えなかった。

つまりは、一度に使用できる他人の魔術は一つだけに限られるということだ。

「仮にそうだったとして、だったらどうする？　別にこの状況は何も変わっていないように思えるが？」

「決まってるさ……全力で叩き潰す」

キャンバスは地面、絵の具は自分、会場は洞窟。

理屈には縛られない自由な解釈で、この場にいる全ての客を楽しませる。展示時間は、互いのどちらかが満足するまで。

「さぁ、やり直しだ！　俺の研究成果をお前の理想で乗り越えてみせろ！」

「ハハッ……なんともまぁ威勢がいいじゃないか、自由人《ヒーロー》！　私の知的欲求を証明するに相応《ふさわ》しい舞台なのかな、ここは!?」

両者それぞれが仕切り直しとでも言わんばかりに、肉薄する。

その姿は、黒く染まり切ったキャンバス内では異様な光景であった。


だが、ここで――

（フィルお兄ちゃんが……私のせいで傷ついちゃう）

この場にもう一人、画展に招かれた客がいることを、

（私のせいで、私が非力だから、私がなんにも役に立たないから）

果たしてちゃんと認識していただろうか？

（私のせいで……ッ）

――第三者が、介入を始める。

◆◆◆

数十分も続いているカルアとアミの戦いは、フィル達に比べれば至ってシンプルなものであった。

「い、たい……っ！」

「しつこいわねっ！」

カルアの拳がアミの頬にめり込む。

その瞬間、「公平」という理想から生まれた『平等』のテーマによってそれぞれに重い痛みが走った。

――シンプルなド突き合い。我慢比べ。

先に痛みに耐えかね、倒れた方が負けという簡単なルールが暗黙にして提示された。

「もう……倒れ、て……よっ！」

だが、この場で有利なのはアミである。

何せ、自分が受けた痛みを他人にも平等に味わわせるという魔術は、あまりにも一方的なものだからだ。

自分ではなくとも、他の物体が受けた現象をカルアに与えることができ、自分が起こした現象は自分に分け与えるかどうか任意で選べる。

故に、ダメージの蓄積総量だけで言えばカルアの方が断然上。

アミは取り出したナイフをカルアにではなく持っていたぬいぐるみに突き刺そうとする。

だがカルアが彼女の腕を叩き、代わりに初速によって過分に威力を増した蹴りを顎へと放った。

「不粋な真似なんかしないで、堂々と殴り合いましょう！」

「う、る……さいっ！」

徐々に苛立ちがピークに近づいたアミが細い腕でカルアの顔目掛けて飛ぶ。

しかし、受けたカルアは平然と殴り返してくる。

――魔術で平等に設定されているだけで、本来はか弱い女の子。大して一撃に力はない。

アミはぬいぐるみという別の対象に起こった現象を一定範囲の遠隔で移すからこそ魔術師として成り立ってきた。

自分の受けた攻撃を移すというのはあくまでサブだ。メインではない。肉体強化の魔術が組み込まれているのも、「もしこういう状況になったら」という仮定の末生まれたものであり、そこに主軸を置いているわけではないのだ。

想定外は二つ。

一つは、カルア・スカーレットという魔術師の一撃があまりにも大きいということ。

初速とはいえ、音速にまで届きうる自身の速さによって与えられる一撃はどんな攻撃よりも強力だ。

二つ目は、カルアもアミ同様に肉体強化の魔術を組み込んでいることであった。

もしもという仮定が現実で起こったとしても、肉体強化をしていれば先に倒れるのは相手の方。

決して自分が倒れる未来は訪れない。

だが、カルアが自身の速度に耐えられるよう肉体強化を組み込んでしまっていることで簡単に倒れなくなってしまった。

結果起きてしまったのは、一方的に殴られるという精神も肉体も損耗する我慢比べ。

(でも……有利、なの……は、わた、し……っ！)

アミはカルアから腹部に掌底をもらいながらも、ナイフを地面へと思い切り投げる。

切っ先が地面へと突き刺さったのと同時に、カルアの腹部が赤く血で染まった。

その、はずなのに――

ゴンッ、と。アミの頭に容赦のない踵《かかと》が落とされる。

「どう、して……っ!?」

「痛いわよ？　ええ、もちろんさっきから！」

カルアの攻撃は止まらない。

「でも、この程度で折れていたらフィルに寄り添えないじゃない！」

どうせフィルのことだ。

今回のように、前回の南北戦争の時のように、これからも誰かを助けるために傷ついていくに決まっている。

寄り添いたいと思う人間がそんな危険な場所に赴くのだ。ならば、自分も同じように危ない場所へ喜んで行くことになる。

だったら、この程度で心が折れてはいけない。

たかが浴びせられるような殴打が自身を襲ってきても、たかが腹部に熱い痛みが襲ってきても、決して横に立つのを諦めることはしない。

それこそが己の理想なのだから。

「といっても、私もそろそろ限界が近いかもしれないわね」

カルアは一度アミから離れる。そのままアミが設定した範囲の中を走り回り、速度を上げた。

それを好機と見たのか、アミは先程地面に突き刺したナイフを拾おうとする。

だが――

「本当に公平を理想としているのなら、ちゃんと受けてみなさいっ！」

ピクリ、と。アミの手が止まる。

――アミの理想は『公平』。

自分が生まれたスラムでは、公平という言葉はどこにも存在しなかった。

弱肉強食を体現しているかのよう。得た食べ物も力のある者に奪われ、尊厳すら権力のある人間に淘汰される。

仮にこの世界が公平の上で成り立っているのであれば。

しっかりと働いて手に入れた食べ物は自分のものであり、誰かが寝ているのであれば同じように自分も屋根の下で寝られたはず。

飢えに苦しむこともなく、寝床に困ることもなく、奴隷として売りさばかれることもなく皆同じように生きられた。

不公平な世界なんか、壊したかった。

壊して、公平な世界を作りたかったんだ。

だから――

「わ、たしは……っ！」

アミはナイフを拾うことをやめた。

魔術師として、理想を追い求める者として、挑発だと分かっていてもこの言葉は退けてはいけない、そんな気がしたから。

「公平な、世界……を、作る、んだ……！」

「ふふっ、かっこいいじゃない」

両手を広げて迎え入れようとするアミを見て、カルアは思わず笑う。

挑発したのは自分だ、このままズルズルと我慢比べをしていても厳しいものになるだろうからと、決着をつけることを望んだ。

それでも、潔く待ち構えてくれたアミの姿はどこか眩しく見えて、理想にかける想いの強さを垣間見られたようで、敵なのに好感を持ってしまう。

しかし、それとこの勝負は話が別だ。

一歩、一歩と踏み込む度に地面に陥没が生まれる。

「行くわよ、公平者ッ！」

進行方向を変え、カルアが地を踏んで思い切り飛んだ。

動き続けることによって向上した速度は音速以上、それ故にどの砲弾にも負けぬ肉弾が完成する。

――一瞬。

本当に一瞬で、ことは全て終わった。

鈍く大きな音を立てて腹に蹴りを受けたアミは吹き飛び、同様に腹部へと同じ現象を受けたカルアが着地もままならずアミと同じ方向に転がっていく。

しばらくの静寂が辺りへ広がる。

小鳥の囀《さえず》りが戻り、肌寒い夜風が吹き抜けた。

星明かりに照らされた場所で、それから少しの時間が経ち……ようやく、倒れている二つの人影の一つが動き始める。

「……ほんと、死にそう」

足元がおぼつかない状態でカルアはゆっくりと起き上がった。

「初めてよ、自分の蹴りをちゃんと受けたのは。思ったより痛いっていうのは勉強になったわ」

口から零れる血を拭いながら、カルアは横で転がっているアミの姿を見た。

起き上がる様子もない。それどころか、指先一つ動く気配もなかった。

つまりは――

「私の勝ち、ね。公平にやったんだから、あなたも文句はないでしょ」

ここに、一つの戦いが幕を下ろす。

『公平』を理想とした者と『寄り添い』を理想にした者。

どの戦いよりも先に決着を付けたのは、『寄り添い』の魔術師であった。

「……さて、早く二人を手伝いに行かなくちゃ」

しかし、その時だった。


ザザッ。


「こ、これ……ッ!?」

カルアの背筋に、異様に重たい悪寒が走った。

◆◆◆

一方で、ラガーとイリヤの戦いも最後の局面を迎えていた。

「『3』だ!」

賽子が転がると、ラガーの手に一回り大きな槍が握られる。

出目は悪かったのだろう、ラガーは舌打ちを一つ挟みながらイリヤに向かって突きを放つ。

「お粗末ですねぇ、今回の運は!」

身を捻るのではなく切っ先を蹴り踏むことで突きを躱すと、空いた手を振るってラガーに向かって小さな重力の圧を叩き込んだ。

ラガーは槍を放棄して身を転がすものの、残った片足が重力によってみずみずしい音を残しながら潰れてしまう。しかし、その程度で怯むほどラガーも弱い相手ではなかった。

「賭博は自分が破産するまで何回でもするもんだぜェ!?」

懐から取り出したコインがイリヤの視界を塞ぐように巨大化する。

それによって一瞬怯んだ隙をラガーは見逃さず、コインごと潰れた足を押し込むように蹴り込んだ。

「表だ！」

「裏、ですっ！」

蹴り終わったコインは小さくなり、視界を開かせながら地面を弾む。

勢いよく回転すると、地に身を傾け始めていった。

――このままいけば、コインは表で倒れてしまう。

目が慣れてきたイリヤは重力を横向きにすることによってコインの仕切り直しを図るが、ラガーが横向きに落ちていくコインを殴り上げる。

勢いよく天井に当たったコインは今度こそと地面へと倒れた。

向きは……裏。

「初めてですね、私が当てたのは！　ようやく信じてもねぇ神様がお顔を覗かせてくれましたよっ！」

イリヤの体に何度も見た輝かしい甲冑がメイド服の上から現れる。

何度も攻撃を食らい、見てきたこの甲冑の精度は身を以《もっ》て知っていた。それ故、勝ちを確信した
イリヤは重力を背中に浴びせて距離を詰めようとした。

しかし、重力が生まれない。

「な、なんで……!?」

「当たり前だろォがよォ！　なんせ、『金剛力』はあらゆる事象を無力化する！　それは例外なく
自分の魔術もだ！」

チッ、と。舌打ちをするイリヤ。

ならば自力で走っていけば問題はない。そう思い、一歩を踏みしめた瞬間……ラガーの横を通り
越して壁へ衝突してしまった。

どんな乗り物も、性能がよかろうが運転する人間が悪ければ何ものにも劣る。

筋力やスピードの増加、それによって自身がいつも体感しているもの以上が体に与えられ、まと
もに歩くことすら困難にさせる。

もちろん、トライ&エラーを繰り返していけば自ずと乗りこなしていくだろう。

だが、その頃には恩恵の制限時間を優に超えてしまう。

イリヤが崩れてしまった壁から起き上がった時、すでに輝かしい甲冑は姿を消していた。

「宝の持ち腐れだなァ、おいっ！」

「うるさいです！　元より私は自分の手で勝負に勝つつもりなんですよ！」

イリヤがそこら辺に転がっていた石や岩を重力で浮かせる。

「そろそろ決着つけるです！　泣いても笑っても最後の賭博《ギャンブル》にしますよ！」

「そうだなァ、そうしよう！　俺だって、まどろっこしィ時間はお開きにしたかったところだァ！」

イリヤとラガー、二人が同時に地を駆ける。

賽子がラガーの足元を転がり、『4』という出目を残していった。

手に現れるのは少しサイズの大きい籠手。現れた瞬間イリヤが石や岩を飛ばすものの、ラガーが籠手のついた腕を振るうことで塵と化して落ちる。

遮蔽物も障害物も武器も道具もない。

小柄な少女が、一回りも大きな相手に向かって拳を握り締める。

イメージは振り下ろす瞬間に拳と同じ方向へ重力を叩きつける感じ。そうすることによって、非力な女の子の拳でも岩をも砕ける威力になるはずだ。

しかし、それは頭の中でのイメージの話。

実際にイリヤがこれに挑戦するのは、今が初めてであった。

――だからなんだっていうんです。

「私は魔術師だ！　挑戦《チャレンジ》しなきゃ空にも友達にも手を伸ばせないんですよッッッ！！！」

振り下ろした拳がラガーの振り下ろした拳へと真正面からぶつかる。

ラガーの籠手は威力の増大に加えて振るった箇所へ同じ威力を飛ばすような性質を持ち合わせて

いた。

つまりは、一回りも大きい男の筋力以上に力があるということ。

イリヤの拳から嫌な音が警報のように鳴り響く。よくよく考えれば、いくら重力で威力を増したところで、自分の手のひらが強化されたわけではない。

岩を砕くほどでも、骨も同時に砕けてしまう恐れがあった。

――だったらなんですか。

そんなことを気にするような人間だったのなら、そもそもこんな博打の席になんか座っていない。

その時だった。

パキッ、と。近くから乾いた音が耳に届いたのは。

ラガーの口から自然と疑問の声が零れた。

「……はァ？」

それは何故か？　至って単純――籠手がイリヤの拳によって亀裂を走らせながら砕けていったからだ。

「この賭博《ギャンブル》は私の勝ちでいやがりますね！」

ラガーはもう一度残った腕を振るおうとするが、笑みを浮かべたイリヤが向けた重力によって上へと飛ばされる。

「……あァ、そうだなッ！」

ラガーは笑う。

血で肌の色が見えなくなってしまった拳を握るイリヤの姿を見て。

「この賭博《ギャンブル》はてめェの勝ちだッ！」

その直後、イリヤの重力で威力を増した拳がラガーの顔面へと突き刺さる。

今度は何も守られていない状態だ。ラガーは地面を何度もバウンドし、そのまま壁へと激突する。

起き上がる様子がないことは、静まり返った洞窟内の空気が教えてくれた。

「賭けに負けた時、賭博師《ギャンブラー》ってどんな顔をするのか分かりましたよ。私は賭博《ギャンブル》しないんで、勉強になったです」

イリヤは倒れるラガーの横を通り過ぎて小さく零す。

そして――

「意外と嬉しいんですね、賭博《ギャンブル》に勝つって」

加えて、洞窟内での戦いが終幕を迎える。

『飛翔』と『博打』。

大きな博打の席にて当たり前以上の報酬を手に入れたのは、小さなメイドの女の子であった。

ただ一つ。

「……さて、早くリリィのところにいかないといけないですね」

ザザッ。

「な、ん……ッ!?」

記憶にある違和感が、イリヤの体を襲った。

◆◆◆

ザザッ。

ザザッザ

ザッザザッ。

◆◆◆

それは唐突に訪れた。

決して蚊帳の外にしていたわけではない、どちらかというと『実験対象』と『守らねばならない人』というカテゴリでそれぞれ設定していたはず。

己の最大成果を展開するフィルと『模倣』の魔術で光の束を生み出そうとしていたシェリー。

ただ、目の前にいる人間を倒さなければいけないという認識こそ優先であったのは間違いない。

だからこそ、リリィの目の前——何もない空間からヒビが入った時は驚かざるを得なかった。

まるで透明なガラスを石で殴ったかのように、小さな破片を飛び散らして亀裂が走っていく。

音など何もなかった。

その代わり二人の背中には言い表せないような悪寒が走り、この場の空気全体が重く伸《の》し掛かったような感覚を覚えた。

それと同時に、こう思った。

魔女が来た、と。

「あぁ……あぁっ、リリィ・ライラック！　君はようやく魔女に認められる理想を渇望したのかっ！」

光の束などどうでもいい。

目の前の相手の変貌などすこぶるどうでもいい。

やっと、長きに亙《わた》って追い求めてきた魔女が自分の目の前へと顔を出した。

シェリーの顔に今まで見たことのないような愉悦と達成感が滲み、恍惚《こうこつ》とした瞳と表情が浮かび上がる。

何を言おうか、何を聞こうか、何をどうしてくれようか？

知りたいこともやりたいことも多すぎる。そのため、シェリーの頭の中は海賊が宝石の山を見つけたかのようにいっぱいいっぱいになっていた。

「や、やぁ……魔女よ！　久しぶりだ！」

シェリーはそんないっぱいの中から挨拶を取り出した。

他にも聞きたいことや話したいことはたくさんある。亀裂から顔を出してくるのは黒く染まった影の世界からは程遠い、白く輝きつつもどこか透けて見えるような一人の少女。

顔の輪郭もない、どんな表情をしているのかも分からない、肌が白いのかも毛が生えているのかも何一つとして見えない。

その代わり女の子なんだというのは、長い髪のシルエットによって理解できる。

そんな少女は、シェリーの言葉を無視してリリィへと向かって歩き出した。

【……ほしい、の？】

どこか甲高い音が響く。

フィルやシェリーの脳内にではない、リリィの脳内に。

――ほしい、です。

【……どうして？】

どうして？　この質問に意味はあるのだろうか？

――私が弱いから。

【……うん】

――フィルお兄ちゃん達が傷ついちゃう。

【……うん】

――傷つく姿なんて、見たくないよ。

【……だから？】

――ほしいよ。

リリィは顔を上げて、真っ直ぐに白い少女を見つめた。

そして、動かせぬ口で言葉を告げる。


「皆の……役に立ちたい、い、い、よぉ」


その言葉は本当に届いたのか？

フィルやシェリーの耳には届いていない。それどころか、シェリーは無視されたのかと首を捻っているぐらいだ。

でも、それはあくまで部外者二人の話であって。

白い少女の微かに映る口元は、そっと小さく綻んだ。

【……いいよ】

そして、魔女はゆっくりとリリィの頬に向かって手を伸ばした。

【……あげる、私の命、】

淡く輝く光は洞窟内を照らしていく。

どこかで見たことのある光だ。それはフィルもシェリーも一度体感しているからそう思ったのだろう。

少女が差し伸ばした手から輝く光が収まると、彼女はひび割れた空間へと足を進めた。

【……じゃあね、私の子供達】

消える……魔女が消える。

何も聞けず、話せず、見えず、触れられないまま。

なんのために魔女と出会うために画策してきたと思っているんだ。

「ま、待ってくれ魔女！」

シェリーはひび割れた空間へと戻っていく白い少女に向かって駆け出した。

しかし、それは唐突に現れた黒い馬車に轢《ひ》かれたことによって阻まれる。

「ガッ!?」

勢いは殺し切れず、地面を何度もバウンドしてしまい白い少女から距離を取らされてしまう。

起き上がり再び足を進めようとするが、今度は天井から降る黒い星が雨のように襲い掛かった。

勢いはまるで滝にでも打たれたかのよう。何度もいくつもの衝撃がシェリーの体を容赦なく襲う。

「じゃ、邪魔をするな知識を愚弄するクズがアアアアアアアアアアアアアアアアアアアア

ッッッ！！！」

「知ったこっちゃねぇよ、お前が熱を注ぐ相手は初めから俺だっただろうが！」

雨が止んだかと思えば、今度は地面から槍が突き上がる。突き上がったかと思えば、歪《いびつ》な輪郭を捉えない何人ものフィルが四方から拳を叩き込む。

猛攻は止まらない。光の束をフィルに浴びせるが、次から次へとジャンルを統一しない奇怪な物体がシェリーの体を襲った。

――――そうこうしているうちに、白い少女は亀裂の中へと姿を消していく。

【……ばい、ばい】

そして、瞬きをする間にその姿は完全に消える。

初めから何もなかったかのように、ひび割れた空間も元の景色を彩っていった。

「あ、あぁ……」

せっかく会えたというのに。せっかく探求する機会を得たというのに。

こんなにも呆気なくことは終わってしまうのか？

殴打の嵐の中、シェリーは無念を感じ……激しい苛立ちが再び沸き上がった。

「し、死して詫びろよ……私の理想を拒んだことをッ！」

「理想を追い求める自由は尊重するが、同時に誰かの自由を侵していることも忘れるなよ？」

光が横切ったあと、フィルの拳がシェリーの顔へと突き刺さる。

「だから、自分の自由が侵されるのは自業自得ってわけだ」

その瞬間、フィルの顔にも殴られたような痛みが走る。

どうやら魔術を切り替えて『平等』の魔術の力が働いたようだ。

しかし、それが許されるのはあくまでもアミが身体強化の魔術も一緒に組み込んでいたからだ。

魔術抜きにすればただの女と、日夜人助けによって体を動かしている男とでは体の限界値が違う。

たとえ傷を負って満身創痍であっても、これしきのことで英雄《ヒーロー》は落ちない。

故に、自分の限界が来るまで叩きまくる。

馬車を走らせ、星を降らせ、狼を生み出し、巨大な波で体を飲み込ませる。

時や場所や状況を選ばず、自由に、己の創造できる全てをこの空間というキャンバスに描く。

ジャンルに縛られるな、生み出したいものは誰に文句を言われようとも描ききれ。

本当の意味での多種多様な攻撃がシェリーの体を襲い、一切の隙も与えぬまま数十秒が経過した。

――その時。

ふと、生み出していた全てが止まる。

「…………？」

怒りでいっぱいだったシェリーの頭に一瞬の空白が生まれた。

どうしてここで攻撃をやめた？　魔術は止まったが、フィルが限界を迎えたという様子はどこにも見当たらないぞ。

なのに何故？

「そりゃそうだよな、お前も怒るに決まってるか」

フィルはドロリと歪んだ姿のまま、影の床へと腰を下ろした。

そして、そいつに向かって仕方ないなと、口を開いた。

「最後はお前に譲ってやるよ。美味しい場面なんだ、ありがたくいただくようにな」

シェリーはなんのことを言っているのか分からなかった。

だがその直後――

「私の友達に、手ぇ出してんじゃねぇですよっ！！！」

ゴンッッッ！！！　と。

何よりも重い一撃がシェリーの頭を襲った。

「な、にが……？」

シェリーは一気に薄れ始めた意識の中、ゆっくりと背後を振り返る。

そこに立っていたのは、血で汚れた拳を握っているメイド服を着た少女であった。

「いいところに来たな、イリヤ。演出家の才能がありそうだぞ？」

「さっさと倒していりゃ採点なんかいらなかったんですよ、フィル・サレマバート」

あぁ、あの二人は負けたのかと。

シェリーは全身の力と同時に意識をも手放した。


本当に最後の戦い。

『自由』と『探求』を理想とした魔術師の戦いは友人の介入こそあったものの――――無事に幕を下ろす。

「今日の英雄《ヒーロー》はイリヤかもしれねぇな」

「ふんっ、私はただお友達を助けたかっただけです」

妙に照れくさそうに頬を染めるイリヤがそっぽを向く。

そんな姿に思わず笑ってしまいながら、フィルはイリヤと共にリリィの下《もと》へと向かったのであった。

エピローグⅠ

洞窟内での戦いから三日が経った。

カルアやイリヤ、フィルのおかげでシェリーによって誘拐されたリリィは無事救出。魔術の弊害なのか、喋れず何も動かせなかったリリィの体は一日寝てしまえば何事もなかったかのように動かせるようになった。

救出に向かったカルアもイリヤもフィルも目立つ外傷はあったものの、全員が無事に屋敷へと帰ることができ、一連の誘拐事件はこれにて幕を下ろす。

フィルにとって意外だったのはシェリーのことに関してだ。

誘拐は立派な犯罪だ。加えて、一国の王女が他国の王女を誘拐したのだから国家間の問題になることは間違いない。

賠償を払うか、シェリーが投獄されるか、それとも戦争が始まってしまうか。

とはいえ、それはフィルが決めることではなく上が決めること。ニコラに「協力します」と言った手前、このようなことが起き、どうなったのかをどう説明しようかフィルは頭を悩ませていたのだが――

『私、今回の件は公《おおやけ》にしたくない。誘拐されて怖かったけど、シェリーさんには色々と教えてもらって優しくしてもらったから……』

リリィは今回の件を自ら不問にした。

どうやら今まで色々と教えてもらったことや優しくしてもらったことを想像以上に嬉しく思っていたらしく、許してあげたいとのことであった。

危ない目に遭ったというのになんともお優しいことだ。

イリヤがそれに関して色々文句を言っていたのだがリリィの気持ちは固く、結局フィル達も納得するしかできずに後始末も含めてこの一件は終わった。

そして、現在――

「カルア……酒出そうぜ、酒。んでいっぱい飲んで身も心も楽しい気分になろう。さっきから俺の瞳がお涙ちょうだい演出に目が耐え切れなくってさぁ……！」

「はいはい、あとでやけ酒に付き合ってあげるから涙を拭きなさい。あなたが泣いてちゃリリィ様が王城に戻りにくくなっちゃうでしょ」

屋敷の門付近にて、フィルは涙を流していたのであった。

約一ヶ月ほど。それぐらいの時間が経ち、今日ようやくリリィが王城へ戻ることになったのだ。

「で、ですが大将……っ！」

「お涙ちょうだい演出にしっかり対応している瞳でよかったわ、今後は安心だもの。でも、今はしっかり規制をかけておきましょうね」

寂しさのあまり瞳に涙を浮かべるフィルの目元をカルアが苦笑いを浮かべながら拭う。

余程リリィがいなくなることが寂しいようだ。

笑顔で見送らなければと思っているにもかかわらず、なんとも情けない姿である。

「ま、また遊びに来るから……ね？　フィルお兄ちゃん」

そんな様子を馬車の前で見ていたリリィがおろおろとしながらフィルを慰める。

絵面が逆なことにフィルは早く気がつくべきだろう。

「そう、だな……こんなところで泣いてちゃ聖人君子超絶イケメンのジェントルマンとしての箔が傷つくよな！　あい、分かった！　ここは笑顔で見送ってあとで酒でも飲もう！　今日は寝かさないぜ、カルアちゃん☆」

「ふふっ、ならとびっきり度数の高い酒と睡眠薬を用意しておかなきゃね」

「……主人に薬を盛るぐらいなら寝たいと素直に断ればいいのに」

堂々と薬を盛ると口にするメイドも昨今珍しいだろう。

「改めて、今までお世話になりましたっ！」

リリィが勢いよく頭を下げる。

「色々迷惑かけちゃったけど……楽しかった！　それに、ちょっと自分と向き合えるようにもなれました！　これもカルアお姉ちゃんとフィルお兄ちゃんのおかげだよっ！」

「そんなことありませんよ、リリィ様」

「そうだぞ、俺らはなんにもしちゃいねぇからな」

「ううん、そんなことないっ！　フィルお兄ちゃん達がいなかったら、きっと私は今まで通り一人で勝手に悩んでいたと思う」

そうは言うが、結局フィル達は何もしてやることができなかった。

悩んで悩んで、リリィが前を向けるようになったのも自分の力があってこそ。

もし何かしたというのであれば、それはフィル達ではなく――

「リリィ、体におかしなところとかないか？　一応、魔女が……」

「うん、大丈夫。なんだか不思議な感じ……温かいものが胸の中にあるような、でも大丈夫！」

「ならよかった」

「あーっ！　リリィも荷物持ってくださいよ！　どうして私が最後リリィの分も荷物を纏《まと》めなきゃいけないんですか!?　一緒に来た護衛は何処《いずこ》へ!?」

大きなケースを抱えるイリヤが屋敷から走ってやって来る。

その時のイリヤはいつもと変わらぬメイド服。ただ一つ違うのは、これからどこかに出掛けそうな荷物を持っていることだろう。

重たかったのか、途中でイリヤは息を荒らくしながら荷物を置く。

そして、イリヤが指先を動かした途端に荷物が全て宙に浮き上がった。

「王族に持たせるわけいかないでしょ。あなたもこれからリリィ様のメイドになるんだから、主人に持たせようなんて考えちゃダメだからね？」

「私はリリィが心配だからついて行くだけで、メイドになりに行くわけじゃないですからね!?　進路希望調査書にはちゃんと『護衛』って書いて提出したんですから！」

「でもメイド服着てるだろ？」

「そこの女に着させられたんですが!?」

――イリヤはリリィと一緒に王城へ行くことになった。

というのも、本人が言った通りリリィが心配だから。

あとは友人と一緒にいたいという思いもあるのだろう。イリヤ自身の口からは聞いていないが、それは見ている者はなんとなく分かっている。

「でも、本当にいいの、イリヤちゃん？　私と一緒に来てくれるなんて、嬉しいんだけど……」

「何度も言いましたけど、放っておけないリリィが心配なんですよ、私は。それに、せっかく魔女から魔力をもらったんですから、先輩魔術師として色々教えてあげる人も必要でしょうし、問題ないですっ！　も、もちろん……嫌なら残るです」

「い、嫌じゃないよ!?　すっごく嬉しい！」

慌てて否定するリリィ。それを見て、イリヤは「仕方ないですね」と少し照れたように口にした。

「頑張りなさいね、イリヤ」

カルアが腰をかがめ、イリヤの頭を一つ撫でる。

その時のカルアの表情はとても柔らかいもので、どこか寂しさが滲んでいた。カルアにとって初めての後輩であり、ある意味リリィよりも妹のような存在だったからだろう。

イリヤがいつもの調子で文句でも言おうとしたのか、一瞬だけ口を開いてまた閉じる。

そして、もう一度頬を染めてせっかく合わせてくれた視線を逸らした。

「……世話になったです。また、遊びに来ます」

「ふふっ、いつでもいらっしゃい」

きっと、色々言ってきたがカルアのことを嫌っていたわけではないのだろう。むしろ好いていたからこそ、最後に見せたものが気恥ずかしい表情だったのかもしれない。

なんとなくそう感じたカルアは笑みを深めてイリヤの頭を撫で続けた。

「フィル・サレマバートもお世話になりました」

視線を外したイリヤがペコリと頭を下げる。

「おう、向こうでも達者でな。カルアも言った通り、いつでも遊びに来ていいから」

「子豚がいない時に行くです」

「来るって教えてくれたら飼育小屋にぶち込んでおくよ」

こうして挨拶を交わしていると、本当にいなくなってしまうのだとより一層実感させられる。

何せリリィもイリヤも、フィルにとっては本当に妹分のようなものであったからだ。

明日からは騒がしかった日常が以前のように戻るだろう。やっぱり寂しくなるな、と。フィルは頬を掻いた。

「……凄く居心地がよかったです」

イリヤは小さくはにかみながら口にした。

「フィル・サレマバートのおかげで、ちょっと英雄《ヒーロー》気分を味わえました。これからの人生、楽しくなりそうです」

「……そっか」

大して何もしてあげられなかったのはイリヤに対しても同じだ。

ただカルアが連れてきて、メイドとして一緒に暮らしただけ。それどころか、リリィが誘拐された際には率先してボロボロになりながらも戦ってくれた。

あんまりしんみりしたくないいんだけどなぁ、と。フィルは込み上げてきた感情に苦笑いする。

その時だった——

「あぁ、ちゃんと間に合ったみたいだね」

道の向こうから三つの人影がやって来た。

それを見た瞬間、イリヤは警戒心を剥き出しにしてリリィの前へと立つ。

「よくノコノコとやって来やがりましたね……今度はなんですか、どっかの王女さん」

「いやなに、私達もこれから国へ帰るんだ。その前に挨拶でもしておこうと思ったのさ。それと
——」

シェリーがイリヤの目の前に立ち、後ろにいるリリィへと視線を向ける。

「謝罪、かな？　色々と君には迷惑をかけてしまったからね」

「……白々しいですね。本気で思っているなら目の位置が違うんじゃないですか？」

「ごもっともだよ、雇われの魔術師。でも、残念ながら王族として易々と頭を下げる訳にはいかないんだ。だから……ちゃんと『その代わり』を口で言いに来たのさ」

その言葉と同時に、リリィがイリヤの肩を叩いて譲るよう促す。

人一倍シェリーのことが嫌いなイリヤはかなり渋った様子を見せるが、リリィの瞳に押し負けて前を譲った。

「あ、あのっ……」

「この先、どんなことがあっても一度だけ私はリリィ・ライラックに手を貸すことを約束する」

リリィが何かを言う前、先んじてシェリーが口を挟んだ。

「今回のことに対する最低限の落とし前だ。国としても、魔術師としても、いち人間としても私はリリィ・ライラックが求めれば手を差し伸べよう」

「それって……！」

「あー……実を言うと、君が許してくれることに関しては予想外だったんだよ。正直、戦争になるかもと思っていたからね、何をしようか考えてすらいなかった。だから、代わりに君の理想の手伝いを。王女であり魔術師である私に貸しを作るなど、国にとっては大きな貢献になるだろう？」

良好な関係であったとしても、貸しを作るということは国益に大きく繋がる。

今の発言は王国が――――リリィが何かあった時には真っ先に手を貸すということ。それが戦争であろうが困窮であろうがなんだろうが。

王族であれば与えられるものも大きく、魔術師としては多大な戦力になる。どう転がっても、ライラック王国にとって利益にしかならない。

「必要なら書面を交わしても構わないが……」

その言葉を受けて、リリィが首を横に振る。

すると、シェリーはおかしかったのか口元を綻ばせた。

「ふふっ、そうか。存外、君も強くなったじゃないか」

「もしそうなら……み、皆のおかげです」

「それも上に立つ者の特権だね。魔術師への一歩を踏み出したからか、君は初めて会った時よりもよっぽど王族らしくなってきた」

これはシェリーの本心であった。罪悪感からおべっかを口にしたのではなく、客観的に雰囲気が見違えたと思っている。

それは魔術師になったからか、それともよき友人が傍にいてくれるようになったからか、それとも理想を追い求めるという感情が魔女に認められたからか。

どちらにせよ、リリィは同じ王族のシェリーに言われて嬉しく思い、花の咲くような満面の笑みを向けた。

「また色々教えてくださいっ！　とても勉強になりました！」

「いいだろう、次に会う時はしっかりと教育してやるさ」

では、と。シェリーはリリィ達に背中を向ける。

「魔女はもういいのか？」

その寸前、フィルはふと思った疑問を口にした。

誘拐するほど知識に飢えていたのだ。あっさりとした態度に疑問を持ってしまっても仕方がないだろう。

「よくはないさ、別に諦めたつもりもない。ただ、今度からは探求の仕方を考えてみようとは思っているがね。何せ私は君達に敗北したんだ、それ相応の筋は通さないと」

「……もう誘拐なんて真似はするなよ？」

「約束はできかねるが、そうしないようにとは思っているよ。何せ私の理想は探求だ――知識において誰かに負けるなんてプライドが許さないんでね。今はアビ・ビクランの二番手で甘んじておくさ」

唐突に出た名前。それにフィルは一瞬だけ思考が白く染まったが、すぐさま我に返ってシェリーを呼び止める。

「お、おいっ！　お前、今なんて――」

「ではな、リリィ・ライラックと『影の英雄』達。また世界のどこかで」

しかし、そんな制止を無視してシェリーは護衛の二人を連れて歩き出してしまった。

「じゃあな、嬢ちゃん！　また一緒に賭博《ギャンブル》でもしようやァ！」

「さよ、うなら……で、す……お姉、様……」

ラガーとアミがそれぞれシェリーの後ろを歩きながら手を振る。

倒されたというのに、とてもわだかまりがあるようには思えなかった。

もう一度呼び止めようとしたフィルだが、遠ざかっていく背中を見て伸ばそうとした手を下ろす。

（なんで、あそこでアビの名前が出てくるんだよ……）

分からない。分からない、が……追いかけて問いただすというのも不格好だ。

モヤモヤとした気持ちを抱いてしまったフィルは感情のやり場に困って頭を掻く。

そんな様子のフィルを他所《よそ》に、カルアは気を取り直すような形でイリヤの腕を引っ張った。

「さぁ、そろそろ行かなきゃいけないんでしょ？　荷物を入れるの手伝ってあげるから、まずはそれを下ろしなさい」

「え、私がやるんですか？　こんなプリティで誰もが崇《あが》め奉《たてまつ》るこの私が？　ハハッ！　ばっかじゃな――」

「やれ」

「りょ、了解ですっ！」

やはりカルアには逆らえないようで。

イリヤはカルアの鋭い眼光を受けて、そそくさと荷物を積載していく。

本当に仲良いなと、フィルは微笑ましくその様子を見守った。

そのタイミングでフィルの袖がリリィに引っ張られる。

「あ、あの……フィルお兄ちゃん……」

「ん？　どうかしたか？」

「最後に、ちゃんとあの時のお礼を言いたくて……」

モジモジと落ち着きがないように体を動かすリリィ。

素直にお礼を言うのが照れ臭いのか、あまりにも可愛らしい様子であった。

そんな様子にフィルは微笑ましく思いながら、そっとリリィの頭に手を置く。

「気にするな。俺が自由に勝手にリリィを助けたかっただけなんだから」

その手は温かく、優しく、どこか安心してしまうようなもので。

落ち着きのなかったリリィの体はすぐに大人しくなり、その代わりに頬を少し染めた。

「……本当に、アビお兄ちゃんみたい」

「なんか言ったか？」

「ううん、なんでもないっ！」

どうしたというのだろうか？　そう首を傾げていると、いつの間にか先に乗ったイリヤが「早く乗りますよリリィ！」と、ドアを開けて入るよう促した。

リリィは今行くと返事をして、駆け足で馬車へと乗り込んでいく。

そして――

「ありがとう、フィルお兄ちゃんっ！　絶対……絶対また遊ぼうね！」

満面の笑みを最後に残して、馬車は動き出してしまった。

フィルは遠ざかっていく馬車を手を振りながら見送っていく。

胸に沸き上がるのは強い寂しさ。遠ざかっていく馬車の窓から手を振るリリィと一気に静かになった空間が、その寂しさを強調させた。

「……行っちゃったわね」

そんな寂しさを感じていると、横にカルアが並ぶ。

「妹がほしかったな、切実に。なんかすっげー思うんだけど、今から父上と母上に頼んだら首と腰を振ってくれるかな？」

「色々頑張るには流石に遅いんじゃないかしら？」

「ですよねー」

分かりきっていたことだが、今回ばかりは少し本気で思ってしまう。

さり気なく元気になるお薬でも送っておこうかな、と。フィルは呑気なことを考えながら踵《きびす》を返して屋敷へと歩き始めた。

「そういえばさ」

「なに？」

「クライマックスのお別れ感動演出に水を差したくなかったからあえて言わなかったんだけど」

カルアが首を傾げる。

それを見て、フィルは屋敷の周辺を囲っている柵の方を指差した。

『『影の英雄』様がこっち指差したぞ！』

『さっき聞いた話だが、なんでもリリィ様を助けたそうだぞ！』

『え、うそっ！　流石は『影の英雄』様ね！』

『きゃ〜！　フィル様〜！』

そこには両端いっぱいにまで広がり詰め寄せている領民の姿。

誰もがパレードでも見ているかのような興奮状態を見せ、皆同じ黄色い声をフィルに向けて浴びせていた。

「……あれ、何？」

「何って？」

「え、俺そんなおかしな質問した？　可愛い顔で首傾げてるけど、どう考えても動物園にお客がいる方がおかしいでしょ」

　つい最近までは不況で訪れなかったお客さんが今になって再び現れる。

　一体何があったのか？　あまりにも身に覚えがない盛況っぷりにフィルは不思議に思っていると、カルアが何か思い出したかのように手を叩いた。

「そういえば」

「え、何その不穏な前振り？　俺が言った時とカルアが言った時の意味合い違うでしょそうなんでしょ!?　やめてよ、檻の中のお猿さんは餌が与えられる理由なんて聞きたくないんだからさ！」

　耳を押さえるフィルなど気にせず、カルアは思い出したことを口にする。

「この前、リリィ様が街へ行ったのだけれど、その時助けられたことがよっぽど嬉しかったのか、フィルが『いかにして自分を助けてくれたか！』を自慢していたみたいよ。イリヤから聞いた話だけれど」

「…………」

「ちなみに『フィルお兄ちゃんは凄いんだから！　かっこいい『影の英雄』様なんだから！』ってきちんと忘れずに言っていたみたいね」

愛くるしく妹ポジで終わってしまったから忘れてしまいがちだが、リリィはこの国で誰よりも『人徳』に長けている人間である。

国民からの人気は凄まじく、多くが横を通れば歓声を上げてしまうほど慕われている。

そんな女の子がお目々を輝かせて自慢していたらどうなるだろうか？　しかも、元よりリリィほどではないが慕われている『影の英雄』のことを。

当然、盛り上がる。フィル本人が否定していたとしても、新たな英雄譚《たん》がフィルの名前で完成してしまったのだから。

そのため、領民達はそんな英雄を一目見ようと押し寄せ――

「よかったわね、可愛い妹が周りに自慢するほど褒めてくれて」

「嬉しかねぇんだよこんちくしょうがァァァァァァァァァァァァァァァァァァァッッッ！！！」


――かくして、此度の第三王女の来訪は波乱こそあれど無事に終幕する。

英雄は英雄としてまたしても誰かに手を差し伸べ、救ってきた。

それによって生まれた笑顔もあるのだが――それによって頭を抱える事態も生まれてしまったのは余談。

フィル・サレマバート。

世で人知れず『影の英雄』として救ってきた自由人《ヒーロー》は、今回も今回とて頭を抱えるのであった。

エピローグⅡ

ニコラ・ライラックは王城にある客間のドアを開ける。

どうやら自分宛てに客が訪れたようなのだ。

「新しい教皇が来た、というお話だったのですが……おかしいですね、見知ったお顔をしたお客様のようです」

ニコラは入った瞬間にどこか訝《いぶか》しむような表情を見せた。

客間の真ん中に置かれたソファー。そこに座っているのは薄く輝く銀の装飾がついた修道服を着た少女。艶やかな装飾と同じ長い銀髪は綺麗に纏《まと》め上げられ、端麗な顔立ちがよく映える。

そんな少女はニコラが入ってくると、にっこりと笑みを浮かべた。

「お久しぶりだね、ニコラ様！」

「しかし、口調は記憶にありませんでした。記憶にあったアメジスタ伯爵家のご令嬢は物腰が柔らかく丁寧な方だと記憶していたのですけど」

「あはは――……流石に教皇って立場になっちゃうとあんまり敬語使えなくて、最近はずっとこれだったんだよ。嫌ならもちろんやめますけど――」

「いえ、私は構いませんよ。その方が親しみやすくて個人的には好ましいので」

「そう言ってくれたなら嬉しいなっ！　いつもの癖で敬語が消えた言葉が口から出た時は首ちょんぱを少しだけ考えちゃったよ。過労な女の子の迎える最期が首ちょんぱはどこの本にも載せられないからねー」

ホッと胸を撫で下ろす少女を見て、ニコラは笑みを溢《こぼ》しながら対面へと座る。

「それで、本日はどのようなご用件なのですか？　あと、どうしてあなたがここにいるのかも教えていただけたら嬉しいです」

「まぁ、内緒にしちゃってたからねぇ。流石に教皇になってからはこうしたお偉いさんに会う時マスクを外して来なきゃいけなくなっちゃったし、もう隠さないけど――――実は元大司教、それで内部のいざこざが無事に終わりまして、正式に教皇の立場になりました！」

おおよそ予想していた通りだが、ニコラは改めて内心驚く。

教会の信仰は全世界に根強く広がっている。そんな教会のトップがまさか自国の貴族であり、まだ自分と同い歳ぐらいの女の子だったとは。

その一つ下の大司教も大きなポスト。隠し切れない立場になってしまったが、確かに隠したいという理由も理解できるものだった。

「それで、用件っていうのは私が教皇になっちゃったからちょっとした式典をやるんだけど、そこに是非ライラック王国の第二王女様を招待したくて」

そう言って、少女はニコラに一通の手紙を渡す。

「そういうことでしたら、是非とも参加させていただきます」

「ありがとっ！　断られたらどうしようかと思ったよー！」

教皇の就任を祝う式典に参加しない理由はない。

国民の多くが信仰している以上無下にできる存在ではなく、そもそも良好な関係を築いていて損はない相手だ。

ニコラが首を横に振るなどあり得ない話だった。

「あぁ、あとこっちはちょっと私的な理由かな？」

私的？　ニコラは話題が切り替わったことに首を傾げる。

だが、そんな疑問はすぐに取り払われることになった。

何せ――


ほんの一瞬。突如少女の背後に淡い光に彩られた巨大な天秤が現れたのだから。


「ッ!?」

「私用っていっても、一個質問するだけだよ――」

先程の明るい雰囲気を持った少女はどこに行ったのか？　重く息を呑んでしまいそうなほど冷え切った空気に変わってしまったこの場で、少女は笑みを浮かべたまま口にする。

「ねぇ、アビ・ビクランって実はまだ生きているよね？

――Truth or lie?《真実か嘘か》」

あとがき

お久しぶりの方はお久しぶりです。初めましての方は初めまして。楓原こうたです。

この度は『俺は影の英雄じゃありません！　世界屈指の魔術師？……何それ（棒）』をご購入していただきありがとうございました！

身バレから始まるファンタジーの第二巻、ということでしたがいかがでしたでしょうか？

今回は『魔女』にまつわるお話。加えて、フィル・サレマバートの幼馴染である少年について語りました。

魔女とは一体何なのか？　フィルが知らない時間でアビに何があったのか？

これからのお話でどんどん進めさせていただければと思います。

そして、最後に現れた大司教の「Truth or lie?」……これで聖女がようやく書けます（泣）

聖女書きたかった……本当は書きたかったんですッッッ！！！

しかし、やはり進めるべきはここだと思い――そのおかげでバトルシーンが少し多くなってしまいました（汗）

ただ、戦う面子が超かっこいい！　理想を追い求める姿が人それぞれでかっこいい！　というわけで、あとがきで私が何かを言うより、せっかくだったらそれぞれ今回のキャラクターの『刻み名』の纏め的なもので最後は終わらせていただきます！

フィル→誰にも縛られない自由を。

カルア→いついかなる時でも望む相手と寄り添えるための力を。

イリヤ→あの大空に届かせるための手段を。

シェリー→この世の全てを知り尽くすが故の探求を。

ラガー→誰よりもスリルある人生を送る賭博を。

アミ→あらゆる者全てが公平でいられるための状況を。

最後に、編集様、へいろー先生、読者の皆様、携わってくださった皆様、本当にありがとうございました！

では次にお会いできる機会を心待ちにしております。

SQEX ノベル

俺は影の英雄じゃありません！
世界屈指の魔術師？……なにそれ（棒）2

著者
枫原こうた

イラストレーター
へいろー

2023年3月7日　初版発行

発行人
松浦克義

発行所
株式会社スクウェア・エニックス
〒160－8430
東京都新宿区新宿6－27－30　新宿イーストサイドスクエア
（お問い合わせ）スクウェア・エニックス　サポートセンター
https://sqex.to/PUB

印刷所
図書印刷株式会社

担当編集
鈴木優作

装幀
大城慎也（atd）

本書は、カクヨムに掲載された「俺は影の英雄じゃありません！
世界屈指の魔術師？……なにそれ（棒）」を加筆修正したものです。

ISBN978-4-7575-8460-0　C0093　Printed in Japan